アリ王国の反乱

蟻野屋 蟻兵衛

郁朋社

アリ王国の反乱

プロローグ

大気圏を取り巻くように覆った二酸化炭素の層は白濁した色に天を染め、輝く太陽の輪郭をぼんやりと浮き上がらせていた。

地球温暖化対策に失敗した人類は、宇宙の奇跡とまで呼ばれ、緑と碧《あお》に囲まれた星を茶褐色の大地と灰色の天に変えてしまった。地球上に残っていた氷河や南極大陸など極地の氷も溶け出し、海面を数十メートルも押し上げた。

海面上昇により極端に狭くなった陸地には人々があふれ出し、自国の領地を確保する局地的な戦争が果てしなく続いた。やがて、当時、世界の覇権を巡って対立していたギー国、ゴー国、ショク国の三国は、核兵器を使用した全面的な戦争に突入し、長く地球上を支配していた人類は滅亡した。

以来数千年、残された大地には、その姿と機能を変えつつ生き残った植物が繁茂し、緑が大地を覆った。二酸化炭素の層を突き抜けてくる僅かな太陽光を身に受けるように、その葉は巨大化しその根元を覆っていた。

滅亡した人類に代わって地上には、僅かに生き残った哺乳類や爬虫類が生息し、俄に繁殖してきた昆虫の大群がひしめきあっていた。その昆虫類も、ここ数百年の間に環境に順応する機能を身につけるとともに、天から降り注ぐ淡い太陽光に対応すべくその姿形も変化を遂げていた。

滅亡した人類に代わって地球を支配しているのは、地下に住むアリの集団であった。

一

私の名前はトオルと申します。黒アリ族の出身で国家事務員としてアリ王国の事務を司っております。中級国家事務員の資格試験に合格し三年前から東海管理センターに配属されております。入所当初は、中央管理センターで研修を受けたのち管財部に所属し、王国が管理する土地や建物の管理業務に携わってきました。センターでは上級国家事務員の資格試験に合格したアリがキャリアアリと呼ばれ、中級、初級及び地方機関で採用されるアリはノンキャリアアリと呼ばれ、出世街道における違いは大きなものがあります。

その後、人材部や管理部などの経験を積み、三十九歳の時に自分の出身地である東海管理センターに主任として異動してきました。幸い、引き立ててくれる黒アリ族出身の上司がおり、ノンキャリアの同期としては出世が早いと噂されております。

アリ王国の統治組織は、国の象徴としての女王アリは存在しますが統治は行わず、議会が立法を司り行政は国家省が担当する形となっております。議会は二院制で上院と下院があり、そこに所属する議員は、地方からの推薦で指名された者が当たるようになっております。また、国家省には国家を代表とする主席が議会の承認を経て任命される仕組みとなっており、地方から推薦された議員の互選による形となっております。

行政を担当する国家省の代表が主席と呼ばれ、主席の下には財政を担う大蔵部をはじめ、管理部、人材部、教育部、外務部、厚生部などの行政組織が並び、その長は長官と呼ばれ主席による指名によって選任される形になっております。各部の組織は当該部の長官を筆頭として理事、参事、主任、担当、主事の階級で固められ、それぞれの任務を担っております。その事務に携わる者が国家事務員と呼ばれ、難関の資格試験を勝ち取った者だけに許された世界となっておりました。その為、国家存亡にかかわる案件をことごとくクリアし、過去数百年は国家間の戦争のない世界を誇ってきました。これが彼らの自信でもあり誇りでもありました。

また、アリ族はそれぞれを個と呼び、動物の一匹・二匹や鳥の一羽・二羽などと区別して呼ばれております。人間の場合に当てはめれば一人・二人と呼ぶべきところを、アリの場合は一個・二個と呼ぶがごときであります。

地下十四階にある私の執務室の机上のベルが鳴った。

「すぐに私のところまで来てくれ」

地下十階の経理担当理事室からの呼び出しに、私は心の中で舌打ちをしながら顔を顰めた。過去において、この部屋の理事は私に出世をチラつかせながら、無理な要求を突きつけてきたし、また、私は心ならずもその理事の要求に応えてきた経緯があったからである。

「はい、分かりました。今、来客中ですのでその件が終了し次第駆け付けます」

私は部屋に行く時間を先延ばしにしたいとの思いから、来客中ということを理由に時間稼ぎの策に出た。

「バカモン、そんな仕事は別の奴に任せてすぐに顔を出せ」

理事の怒鳴り声が私の頭を混乱させた。この理事の引き立てがあったればこその出世と異動でもあったからである。

「はい、今すぐに参ります」

私はメモ帳を手に地下十階の理事室に駆け込んだ。理事の机の前に置かれたテーブルにはすでに三個のアリたちが集まっていた。彼らは、入室した私に冷たい一瞥をくれたが無言であった。

「遅れて申し訳ありません」

私は空いている椅子に腰を下ろそうとしたが、理事から離れた席は別のアリにより占められており、理事の左側前方の席に腰を下ろさざるを得なかった。

「すみません。出がけに来客がありまして遅れました」

ノックとともにドアが乱暴に開き一個のアリが飛び込んできた。赤アリ族のミツミであった。私のように中央管理センターが実施する登用試験で入所したアリとは異なり、現地の東海管理センターが独自に実施した選任試験で合格したアリで、他の管理センターや部署への異動は殆どないアリで、同じノンキャリアでも私など中央管理センター合格者とは別の地位に位置付けられたアリであった。何度か仕事で一緒になったことのあるアリであったが、上手に立ち回ることを信条としている訳ではないが、立ち居振る舞いの端々にそのことが表に出るアリであった。当然、座る位置は私の向かい側となり、理事の右側前方の席となった。各部署から集められたアリは五個となっていた。

「オカタ理事、皆さん、お集まりになられました」

秘書の呼びかけに応じるようにオカタ理事が自席を離れ、テーブルの端にある椅子に腰を下ろしてふんぞり返った。そして、名簿と参加者を確認するように一同を見渡し、秘書に部屋を出るように指示を出した。秘書は手慣れた様子で部屋を出ていった。このような人払いをしての会合が日常的に行われている様子が伺えた。

「さて、皆に来てもらったのは……」

オカタ理事は、ここで言葉を切り、再度テーブルのアリたちに目をやった。私は理事と目を合わせないように目を伏せていたが、理事の視線が一同を舐めるように通り過ぎていったことは感じていた。

「今、議会で国有地売却に関しての遣り取りがなされているが、そのことは承知しておるな」

オカタ理事は再び五個のアリたちに視線を送った。私は嫌な予感を感じメモ帳を閉じた。記録に残すことはまずいような雰囲気があったからである。それに合わせてミツミもメモ帳を閉じた。それを見た残りのアリたちもメモ帳を閉じて下を向いた。

「よし、それで良し」

理事は満足そうにうなずき、机上に手を伸ばしテーブル上で指を組んだ。

当時、議会では運動施設を集中的に建設して、一大レジャー施設とするべく動いているシホー企画という企業の動向が議論になっていた。つまり、当該企業が購入した国有地の売却について、不正があったのではないかとの疑惑が生じ、その有無を巡っての論戦が繰り広げられていた。

二

話は数年前に遡る。

当時、シホー企画は東海管理センター管轄の地で、一介のスポーツジムを経営する企業でしかなかった。主たる事業は子供向けの体操教室であったが、時代錯誤的な指導方針を執ったり裸足でグランドを駆けさせたりするなど、過激なトレーニングを子供たちに課したりすることで、業界からは異端視されているジムであった。その反面、精神論や根性論を持ち続けるアリにとっては、古き良き時代の象徴としてその経営方針を称賛するアリもあった。そのシホー企画の代表がイケゴーと呼ばれる赤アリ族出身の者であった。

イケゴー代表は有名人との接触を好み、黒アリ族だろうが白アリ族だろうが己の出目には関係のない会合にも平気で顔を出し、名前や顔を売り込みながら、自らが経営するジムの宣伝利用に躊躇することのないアリであった。寄付を募る会合があると、相手が驚くような額を寄付するなど、相手の関心を引くことに長けた面を見せていた。そのため、上院や下院の議員の中には彼を有能な経営者として称賛するアリも多かった。

イケゴーには長年にわたり実現したいと思っている夢があった。それは、現在のジムを拡大し、この地域を大規模なスポーツセンターとするとともに、カジノなどの施設を誘致し一大レジャーセンターとすることであった。しかし、その為には現在の敷地では手狭なため、周辺の土地を入手すべく動き出していた。

調査した結果、隣接する土地は国有地で管理は東海管理センターであることが判明した。イケゴーはその土地を入手すべく東海管理センターへ足しげく通い詰めたが、担当者の回答はそっけないものであった。

「お願いしますよ、ミツミさん。同じ赤アリ族出身ではありませんか」

イケゴーはまず面識のある議員の秘書を使って、管理センター職員との面会の約束を取り付けた。議員の名前でも出さない限り一介の経営者などは陳情出来ないことを知っていたからである。ミツミはこの後イケゴーとの関わりで苦境に立たされることになるが、最初の出会いは偶然であり、担当者として面談したに過ぎなかったのである。主旨を説明した後、イケゴーは同族ということを口にしながらミツミの懐柔に乗り出した。

「あなたが現在事業を行っている土地は借地ですよね。現在の土地の確保も出来ずにいるのに、どのようにして新たな土地を入手するつもりなのですか。話は伺いましたが資金計画もなしにこの話を進めることは出来ません」

ミツミは予め調査していた資料を基にイケゴーの要請を断った。

「そうですか、資金計画があれば今一度会っていただけますか」

イケゴーは必死であった。頭の中では借入金を基本とする企画書を出せばよいと考え、とにかくこの話が中断することがないことを願っていた。

「かなり難しいと思いますが、出されるのであればどうぞ、拒みはしません。期限はひと月もあればよろしいですか」

ミツミの冷たい言い方に腹を立てながらも、イケゴーは資金計画書の提出を条件に面会の機会を継続出来ることになった。

一か月後、イケゴーは書類を持って現れた。

「何ですか、この書類は。すべて借入金で賄う予算になっておりますが、借り入れの確約は取ってあるのですか」

書類に目を通したミツミが顔を上げてイケゴーの顔を見た。

「一部は確約が取れておりますが……」

「一部とはどことどこの金融機関ですか」

「第四金座から一億は確実に融資を受けることが出来るようになっております。第十三金座からの二億も目途が立ちそうですが、他はこれからということになります」

イケゴーの顔に脂汗が噴き出てきた。

「土地代だけでも十億もの経費が掛かるのに、融資が確定しているのは一割程度ではないですか。この計画書には無理があります。お引き取りください」

ミツミも同族のアリでもあり何とか要望には応えたいとは考えていたが、物理的に無理のある案には同意することは出来なかった。

「そこを何とか出来ませんかね。例えば借地として提供いただくとか」

イケゴーは金座廻りの連れづれに助言を受けた借地という切り札をここで切ってきた。

「借地といってもせいぜい三年ほどが限度ですよ。大丈夫ですか」

「だっ、大丈夫ですよ。何とか今一度企画書を出させてください」

ミツミの「大丈夫ですか」の発言にイケゴーはオウム返しに頭を下げた。

三

イケゴー代表が金策に走り回っている頃、知り合いの議員が耳寄りな話を持ってきた。この議員はイケゴーが居住する東海地区出身ではなく南海地区からの推薦アリであったが、体育関連のイベントを開催したり、障害アリに対する支援などを行う団体の顧問を務めており、政権を担当しているベアー主席にも覚えめでたい存在のアリであった。政党はベアー主席と同じ由自党に所属し、地区からの推薦を受けた回数も多く、政界内での発言力も大きな存在のアリとしても知られていた。

「おい、イケゴー、お前のところで子供たちを主役にした体育のイベントを開いてみたらどうだ。そうすれば、ベアー主席の奥方であるイケア夫人を呼んでくることも可能だよ」

当時のアリ王国ではベアー主席が率いる由自党が政権を握っていた。さらに、小規模な党ではあるが、宗教色の強い明黄党との連立を組み、長期政権を目指した動きが進んでいた。

「イケア夫人ですか。存じ上げませんが、ベアー主席の奥方ですか」

「うん、政界や官界では知られたお方で、様々なイベントに顔を出し、チヤホヤされるのを喜ぶようなアリだよ」

議員アリは吐き捨てるように言った。夫人に対しては好感を持っていない様子が伺えた。

「どのようなイベントであれば食いついてきますかね」

当初、イケゴー代表も気乗り薄ではあった。

「大衆が集まるというよりも、マスコミ受けするイベントであれば必ず食いついてくると思うがね」

「マスコミ受けね……」

イケゴーは頭に手を当てて考えていたが、すぐにはアイディアが浮かばなかった。

「アナタ、身体に障害を持つアリを招待するというようなイベントはどうかしら」

イケゴーの妻が助け舟を出した。このアリは、口八丁手八丁の中年アリで、これまでもイケゴーの尻を叩いて事業を推進させるなど、陰の実力者と呼ばれてジムに君臨しているアリであった。

「障害アリと子供たちとのコラボか。これだと、マスコミも食いついてきそうだな」

イケゴー代表は直ちに準備に入った。

彼らが考えた企画内容は次のようなものであった。自分のジムに障害を持つ子供のアリを招待し、在籍している子供アリに体育用の機器の使い方を指導させるというものであった。これまでの行事との違いは、障害を持つアリに対し、大人のアリが指導するのが日常的であったが、それを子供のアリが担うということは初めての試みで、マスコミ受けは確実と考えていた。

企画は見事に当たり、その内容には多くのマスコミが興味を示すとともに、ベアー主席のイケア夫人も出席するとのことで、当日は会場が混乱するほどの盛況であった。

子供アリが開会式で述べたベアー主席夫人への挨拶は、夫人を感動させるために練りに練られた内容であった。そこには、ベアー主席が推し進めている「美しいアリ王国」への賛辞から始まり、障害を持つアリに対するベアー主席夫人の心温まる慈悲の心を称えるとともに、今回のイベントに出席してくれたことに対するお礼の言葉で締めくくられていた。

さらに、子供アリが障害を持つアリに対し、丁寧にジムに備え付けられた機器の使用方法を伝える態度や、共に手を携えての機器操作は見る者に感動を与えるとともに、これからの共同参画社会を彷彿とさせる内容でもあった。

「こちらが、今回の企画を行ったイケゴー代表とその奥様です」

イケア夫人の招待に尽力した議員は、イケア夫人と秘書のアリに得意気に代表夫婦アリを紹介した。

「子供たちが、障害のある子供のアリに一生懸命教えている様子には感動しました。このジムはどのような方針で指導をなされているのですか」

イケア夫人からの質問に、イケゴー代表は子供は強く育てる必要があり、多少の拘束はあっても技能を身に着けさせることが大切であるなどと持論を展開した。

「現在は甘やかされて育つ子供たちが多くなっており、我慢の出来ない子供も多くなっております。そのような中、子供たちを厳しく鍛えるだけではなく、障害を持つアリにも優しい心で育てるという方針は、主人であるベアー主席の推進する『国を愛する心』につながると思います。このことは、帰宅したら主人にも伝えておきます」

当時、由自党と明黄党の連立政権は「美しいアリの国」を目指したキャンペーンを展開しており、各地で行われるイベントにイケア夫人も積極的に参加していた。

イケア夫人からのお褒めの言葉を聞いたイケゴー代表は歓喜して、イケア夫人の側に駆け寄り、握手を求めると同時に、同席しているマスコミに対し「ここをカメラ、カメラ」などと声掛けをして写真を撮るように促したりしていた。記者たちは苦笑しながらもシャッターを押していたが、イケア夫人を囲むようにイケゴー代表の妻までが走り寄り、カメラの砲列の前に並んだ。

ベアー主席は国が用意した主席官邸に住まうとともに、主席官邸を執務場所としていたが、イケア夫人はベアー主席が保有している私邸に住んでおり、外遊など夫婦同行が必要な場合以外は、別々の住居で過ごすことが多かった。主席の執務を妨げたくないとの配慮もあったが、己の行動に対し主席からの制限が加えられるのを避けたいとの思いもあった。

このように、イケア夫人は自由奔放な性格を持つと同時に、人前に出て己を誇示したいとの欲を持つアリでもあった。興味を感じたことへは積極的に働きかけることが多く、それらを主宰する団体からは名誉職的な名称を受ける場面も少なくなかった。

この為、関係者を伴って国内を移動することも多く、それに要する費用は莫大な額に上っていた。また、彼女には国家事務局に採用されているノンキャリアのアリの中から、身の回りの世話をするアリが選任されその任務に当たっていた。当然、旅費を含めて雇用に関する費用などは全額国からの支出となっていたが、これには領収書の提出義務のない「国家機密費」からの支出として処理していた。国民の反発を考慮した政府の苦肉の策でもあった。

「先日、東海管理センター所管のシホー企画への視察に行ったとき、面白いアリと知り合いになりましたよ」

ベアー主席が久々に私邸に戻り、共に食事を摂った時、夫人はイケゴー夫人から送られてきた写真を示しながら、イケゴー代表夫妻との面談の様子を主席に話した。

「へーっ、子供アリの頃から国を守る気概を教えているところがあるんだ。ありがたいね」

主席は上機嫌であった。

「あれ以来、あそこの代表の奥さんから頻繁に連絡が届くようになり、また、別のイベントでも招待されているの」

「君が良いと思っているのであれば、どしどしやれば良いんじゃあないの」

主席は苦笑いを浮かべながら答えた。夫人の行動に反対でもしようものなら、その数倍に及ぶ反論が返ってくるのは日常的であったからである。

ベアー主席は、議会での答弁は強気一辺倒を装ってはいたが、家庭ではイケア夫人の発言力が強く、彼女の発言に反論することは殆どなかった。その反動でもあろうか、ベアー主席が議会や委員会でヤジを飛ばす相手は、雌アリ議員の場合だけに限られており、雄アリの発言にヤジを飛ばすことはなかった。一度などは、雌アリに対するヤジに言質を取られ、謝罪に追い込まれる場面もあった。

また、ベアー主席には古くから滑舌の悪さが指摘されていた。議員は言語を使っての仕事でもあり、議会などでの発言は言葉巧みにとの思いはあったが、滑舌の悪さがその思いを封じ込めていた。何度か発声訓練などで改善を試みたこともあったが、興奮するとその滑舌の悪さが表に出てしまい、心の内を見透かされる場面も少なくなかった。このことも主席にとっては何となく負い目となる癖の一つであった。

四

イケゴー代表は、イケア夫人に参加してもらったイベント以来、その折の写真を手に金融機関を回るのは当然として、国有地を管理している東海管理センターへも頻繁に顔を出すようになってきた。その担当窓口となっているアリは変わらずミツミであった。

「ミツミさん。何度も言っているように主席夫人もこのように喜んでいるのですよ。何とか土地の払い下げをお願いしますよ」

「以前から言っている通り資金計画が不十分ですよ。しっかりとした資金計画を出してください。話はそこからですよ」

「ということは、主席夫人の意向に添え兼ねるということですか。一介の事務員がそんなことで良いんですか」

イケゴー代表はねちっこい口調でミツミに詰め寄った。

「私、個として、駄目だと言っているわけではなく、検討の根拠となる書類を整えてくださいとお願いしております」

ミツミ自身も、主席夫人の意向を嵩にかけて迫ってくるイケゴー代表には腹が立ったが、その辺りは抑えながら書類の不備で対抗していた。書類の不備を突かれるとイケゴーとて無理に話を進めることは出来ず引き上げざるを得なかった。このような遣り取りがこれまで何回か続いていた。

ミツミは当該土地に関係する資料を建設部から取り寄せ、その土地に関わるこれまでの経緯を調べていた。該当する土地は周囲より低い場所となっており、住宅環境としては良い方ではなかった。その理由は、以前は沼地として建設部が管理していたが、周辺に地域の公園が出来るなどアリの居住環境が改善し、住宅が建ち並ぶようになったため、その沼を埋め立て、国有地と登記を変更し所有権を管財部に移管し、現在に至っていることが判明した。添付されている写真などによると、沼地として使用されている頃は不法投棄が後を絶たず、ゴミの上に土を盛って管理地とした様子が窺えた。

「シホー企画が売却を求めている土地は、言ってみれば不良物件とも判断出来ます」

ミツミは、それらの資料を纏めて上司であるダマンに相談に行った。ダマンは私が赴任する前の主任であった。

「主席夫人の威光をチラつかせて、行政を曲げようとしている態度は許すわけにはいかない。不良物件として処理したい気持ちは分かるが、正当な事務手続きが済むまでは拒否する方向で構わない。上には私の方から話をしておく」

ダマンもノンキャリア組のアリではあったが筋を通す事務員であった。約束通り、ダマンは上層部へもこのことを報告し、その経緯をメモに残し保管していた。案件としては地方の案件であり、当然、上層部から中央管理センターにその報告がなされることはなかった。当然のことであるが、このような案件は地方部署で簡単に済んでしまう性質のものであった。

そのようなときに私が東海管理センターに異動し、定年退職するダマンの後釜としてその仕事を受け継ぐことになったのである。引き継ぎ事務の折、ダマンは管理地売買に関わる経緯を説明するとともに、その資料の入っているボックスを示して言った。

「分かっていると思いますが、我々事務員は法に忠実でなければならないというのが私の信条でした。そして、政策に関わる経緯を文書として残し、後世の参考に供されるものであるとの自覚を持って過ごしてきました。私はこの地方で事務員に採用されたノンキャリアですが、この国を自分の力で動かしてみたいとの思いは持ち続けてきました。どれほど国の役に立ったかは分かりませんが、退職を迎えた今、悔いはありません」

私な大きくうなずいた。

「これまで、何本かの政策立案に関わってきましたが、横やりを入れてくる議員に悩まされ続けてきました。議員の方々は地区からの推薦という形をとっているため、民意を反映しているとの自覚があります。中には、『事務員が王国を牛耳っているのはけしからん』と言って、無理難題を押し付けてくる議員はどこにでもおりますが、我々は、正面から反対するわけにはいきませんから、話を聞いて対処します。しかし、中にはごねる議員や脅し文句で迫ってくる議員もおります。この地区にもそのような議員がおりますので気を付けてください」

ダマンはそう言って笑顔を見せた。ノンキャリアとして定年まで堪えてきた鬱憤を晴らすようでもあった。私もこれまで何度となく経験していることでもあり、他人事とは思えない心情でその言葉を聞いていた。

私の場合は、その都度上司や別の議員が間に入って事なきを得てきたが、このところは、議員の質の低下が顕著になり、国家の未来やアリ社会の将来像を論ずる議員は少なく継続した推薦を勝ち取るため地域のアリたちのご機嫌とりに走るアリが多かった。

我々の会合でも、

「議員の中には、素晴らしい心意気を持っているアリもいることはいるが、その数は少ない。多くは名誉欲と権力を手にすることを身上としているアリばかりだ。この元凶は議員の世襲化である。これがなくならない限り、わが王国の未来はない」

などの話が出て場が盛り上がることが多くなっていた。

今、権力を握るベアー主席が指名した長官の多くが世襲議員であり、議会の場や委員会などで問題発言をするアリが多くなっていた。このことは、議員のあるべき姿を追求し勉強してきた若手アリの登場を妨げることにより活力が失われたことと、若手の台頭を抑え込んできた長老アリの身勝手が招いたものであった。また、地域のアリたちも、世襲や習慣に慣れてしまい、国家の未来に目を向けなくなってしまったことにも原因があった。

私は、そのような社会風潮に危機感を持っていたが、どうしたらそれが解決出来るかまでは考えが及ばなかった。

その頃、イケゴー代表は金策に駆け回っていたが、主席夫人の写真を見せても、金座の担当者の意識が変わることはなかった。国家事務員の社会は別として社会一般の企業では、そのような写真が意思決定に影響を及ぼすものではなかったし、行政の意向が反映しやすい金座においても、融資が有利に働くほどの資料でもなかったのである。

切羽詰まったイケゴー代表は議員を使っての反転攻勢に出た。最初に訪ねたのがイケア夫人を紹介してくれたハマドー議員であった。

「よし、俺が紹介状を書いてやるから、中央管理センターの関係者と会ってこい。その折にオミヤゲを忘れるなよ」

イケゴー代表は喜び勇んで中央管理センターの管理部に足を運んだ。当然、ハマドー議員の秘書も同行し、センターへの入館から面会の手続きを取り仕切った。

ハマドー議員の紹介ということで、イケゴー代表からの陳情を受けたのはガラシー参事と管財担当の主査と主事であった。通常では有り得ない異例の待遇にイケゴー代表は感動し、主旨の説明にも力が入った。その過程で、イケゴー代表が示したイケア夫人の写真に、参事の触覚がピクリと動いたことに気が付いたアリはいなかった。

五

　私とミツミが東海地区管理センターの参事に呼ばれたのは、それから数日たってからのことであった。アリ王国の組織体は中央管理センターを司令塔として、北海管理センター、東海管理センター、西海管理センター、南海管理センターの四つの地方組織があり、中央管理センターの指揮の下に業務が行われていた。当然、中央管理センターの権限は大きく、地方の管理センターは中央管理センターの意向を伺いながら業務を進めるのが日常的となっていた。地方のセンターも中央に準拠した組織となっており、地方センターを代表する理事、次に参事、そして主任、担当、主事の階級は同じであった。しかし役職の名称は同じでも、中央管理センターとの権威や権限の差は歴然としており、その権威や権限も数ランク異なるのが慣例となっていた。中央の主任は地方センターの参事級の権威と権限を有しているが如きである。

　私や私の前任のダマンが執務する主任という立場は、本来は地方センター採用者に割り振られるポストであるが、中央の国家事務員の資格検定に合格したアリを一時的に配属させ、地方行政に関する見識を高めさせる意味での異動が行われることもあった。

「シホー企画からの国有地売却の経緯を説明してくれ」

この参事も中央から派遣されているキャリアのアリで、将来は中央に戻り辣腕を振るうであろうと目されるアリであった。

私はミツミからの資料を基にこれまでの経緯を説明した。詳細についてはミツミに語らせることがあったのは当然である。報告の端はしに、十分な資金計画もないままの申請であり、主席夫人との関係を示唆する相手との交渉には困っていることを強調した。

「経緯は分かった。これからはどのように進めようとしているのか説明してくれ」

私は参事の言葉に驚いた。

「どのように進めるかですか」

「そうだ、進めるかだ」

参事の意図が分かった以上、売却話は前へ進めなければならないと観念した。その時である。

「その理由をお聞かせください。計画も書類も不備であるし、主席夫人の威光を前面に出してくるアリに対し、なぜ妥協しなければならないのですか」

ミツミであった。

参事はジロリとミツミを一瞥し、私の方に視線を向けた。「俺に代わって説明しろ」との意であると直感したが、私は黙って参事の視線を外した。

「…………」

参事も無言だった。

暫くして、参事が私に質問を投げかけてきた。

「君は、本東海管理センターのオカタ理事の紹介で入所してきたと聞いているが、その通りかね」

「オカタ理事にはお世話になっております。そのことは否定しませんが、本センターへの異動は正規の手続きによってなされたものと受け止めております」

私はムキになって答えたが、正面にいる参事が怒りに震えていることは分かっていた。その様子を目にした直後、なぜか私の心は落ち着いてきた。それと同時に、「このままでは中央管理センターに戻るのは難しくなるのではないか」という不安も頭をよぎった

「先ほども言った通り、本件をどのように進めるかを考えてくれ」

参事は命令調に言葉を吐いて自席に戻っていった。私とミツミは書類を纏めて「失礼します」と言葉を発して参事の部屋を辞した。

「話を進めるしかないのですかね」

廊下に出るとミツミがポツリとつぶやいた。私は無言であった。心の中には「とことん反抗してやりたい」との思いもあったが、家族のことを考えると「それも難しいかな」との思いも頭をよぎった。

六

私が、どのように動いてよいのか判断出来ずに迷っている頃、イケゴー代表は精力的に動き回っていた。ハマドー議員の名刺を使っての陳情は当然として、主席夫人のイケア夫人の写真を手にかざしながら、政界や金融機関に頻繁に顔を出していた。またある時は、ハマドー議員の秘書を伴って別の議員への働きかけを行うなど、その活動を活発化させていた。その折には、地元特産の最中を詰めた箱の下に、現金を入れた茶封筒を忍ばせることなどは、議員訪問の慣行として行われていた。これが前述した「オミヤゲ」である。

同じ頃、陳情に赴いた業者が当該事業を管轄する長官室で、「これはお礼です」と現金の入った封筒を手渡したことがあった。ところが、長官は躊躇することなく無言で封筒を受け取り、着衣の内ポケットに封筒を滑り込ませたことが暴露されてしまう事件が起きた。陳情に訪れた業者への手心が十分でなかったため、業者が怒り賄賂授受の経緯をマスコミに暴露してしまったのである。その為、その議員は窮地に陥り、せっかく手中にした長官の地位を棒に振ることになってしまった。議員の中には、この種の金品の授受については、神経質にならざるを得ない雰囲気があり警戒感はあったが、差し出される金品を目の当たりにした議員の多くは、素知らぬ風を装いその金品を受け取っていた。

さらに、イケゴー代表は主席夫人をスポーツセンターの名誉館長に据えようと画策し、イケア夫人も名誉館長職を喜んで引き受ける旨の連絡を受けていた。主席夫人が自由奔放なアリであることは前述したとおりであるが、頼みごとを断り切れない気持ちのやさしさも兼ね備えていた。その為、引き受けている名誉職の数は四十五個所にも及んでおり、その多くがスポーツ関連や雌アリの地域活動や、雌アリの地位向上に関わる団体のものであった。

その殆どが、ベアー氏が主席に就いてから依頼されたものであったが、夫人自身は、自分の発言や行動が評価されての依頼と勘違いしていた。

「お前は、いろいろな地域活動をやって顧問や名誉会長などの、名誉職を引き受けているようだが大丈夫かい」

ある時、ベアー主席はイケア夫人に言葉を投げかけたことがあった。

「大丈夫かとはどういうことでしょうか」

イケア夫人は「お前」と呼ばれたことに腹を立てつつ、自ら売り込んだわけではなく頼まれて就任しているのにその言い草はないだろうと、口調にも怒りが含まれていた。

「いや、名誉職を引き受けることは構わないが、政治的に利用されることはないかと心配しているのだよ」

ベアー主席としてみれば、政治的に利用するために、家族や親せきなどに近寄ってくるアリがいることを、知っているからこその助言のつもりであったが、逆に怒りを買ってしまったことに戸惑っていた。

「何ですか。私が信用出来ないのですか」

イケア夫人の口調が激しくなってきた。

「いや、そんな訳ではないが……」

ベアー主席は黙ってしまった。これ以上追い詰めると、数倍の反撃が来ることを経験的に知っていたからである。

「あなたは、今言ったように、私の名前を使って、政治的に利用するアリが居ることが心配なのでしょう。大丈夫に決まっているではありませんか。そんなことは、分かっていますよ」

イケア夫人の怒りは収まりそうになかった。

「分かった、分かった。よろしく頼むよ」

ベアー主席はそう言って、居間を離れ執務室に戻った。

七

イケゴー代表は、主席夫人との交流を確かなものとするとともに、その緊密さを強調するために、現在のジムに再度イケア夫人を呼んで講演をしてもらうことを計画していた。

「私どものジムも、来月で創立五周年を迎えます。それを祝して周年事業を考えているところでございますが、その式典にイケア主席夫人様にご臨席いただきたいと思っております。そしてまた、恐縮でございますが、式典の中で、記念講演をやっていただきたいと思っておりますが、如何なものでしょうか。ご検討くださるようお伝えください」

イケゴー代表はイケア夫人付きの特別秘書であるワカー秘書官にお伺いを立てた。

通常は、以前のイベント以来連絡を取り合っているイケゴーの妻との連絡でも事が済む話であったが、今回は、秘書を通じた依頼とすることで重みが出ると考えていた。

ワカー秘書官からはすぐに電話があった。

「イケア夫人にお尋ねしたところ、仔細承知したとのことでございました。イケゴー様の奥方様からの連絡を受けて心づもりをされていた模様です」

イケゴー代表は小躍りして喜び、周年事業のポスターを作成し地域に配布するとともに、関係する議員にも参加依頼の便りを送った。

急遽取り繕った企画であったにも関わらず、当日の参加者は予定した座席数を上回る大盛況であった。やはり、主席夫人のイケア氏が来るということで、地域のマスコミはもとより中央のマスコミも興味を示し、取材クルーを組んでの報道となった。そしてまた、地域から推薦される議員だけではなく、中央や他の地域の議員の数も多かった。

「やはり、イケア夫人が来られるとなると、取材陣の規模も違いますね。お陰様で大盛況でした。本当にありがとうございました」

来賓として出席してくれたイケア夫人とワカー秘書官に深々と頭を下げ、イケゴー代表夫人は感謝の言葉を述べた。

「僭越ではありますが、この地に総合スポーツセンターが完成した暁には、主席夫人様に名誉館長になっていただきたいと考えております。その折にはよろしくお願いいたします」

さらに、イケゴー代表は慇懃無礼な言葉を操り、こう言ってイケア夫人に取り入った。

夫人は笑って頷くのみであったが、頬には満足そうな笑みが浮かんでいた。

次いで、イケゴー代表は夫人を近くの高台に案内し、取得に向けて働きかけている土地を紹介した。当然、マスコミや議員たちもそのあとに続く陣容となっていたのは、言うまでもなかった。

「この地が、私どもが取得を目指している場所でございます。主席夫人様の正面の地に、地下四階建ての建物を作り地下グランド、アスレチックエリア、武道エリア、アスリートヘルスセンターそして最下階に観客席のあるアリーナを作る予定としております」

「ベースボールエリアや蹴球エリアなどはないのですか」

「奥方さまの右方向の土地がその予定地です」

主席夫人はイケゴー代表の説明に満足そうにうなずきながら、

「良い土地ですね、話を進めてください」

イケア主席夫人は、イケゴー代表に向かいつつも、取り巻いている議員やマスコミのアリにも聞こえるような声で感想を述べた。しかし、夫人の発言はイケゴー代表や間近な取り巻きにしか届かなかった。司会進行を担当するアリが、携帯式の拡声器を使って次の案内場所への移動を促すアナウンスを行ったため、その声と重なってしまったからである。それでも、イケゴー代表はその発言を神の声のように受け止めて、心の中で歓喜していた。

イケゴー代表の頭の中には、主席夫人の威光を利用して、一気に事を運ぼうと考えていた。まずはこの土地を入手する。土地購入についての資金計画としては、金融機関からの借入金を充当する形で予算を編成する。施設及び設備については国の補助金にターゲットを絞っていた。

借入金の交渉には主席夫人との写真を有効に使って信用を得るとともに、主席夫人が名誉館長になることを口実にして、青少年健全育成に関わるスポーツ施設建設のためと称し、国からの補助金を得て施設までを建設するという構想であった。

青少年健全育成を旗印にしているため、本来はベースボールエリアの地下に作る予定であったカジノ施設の建設は、ほとぼりが冷めてから着手すれば良いと、ほくそ笑みながら皮算用を練っていた。

しかし、一介のスポーツジム経営者に対し、右から左に融資話を進めてくれる金融機関は少なかった。ましてや、国の補助金をあてにしたスポーツ施設建設の打診に至っては「まだ、土地取得の目途の立たない物件への融資は出来るわけがない」と冷たく拒否される有様であった。

「ミツミさん、何とかなりませんかね。八方ふさがりで困ってますわ」

イケゴー代表が再度顔を出したのは、それからしばらくした頃であった。

「資金計画書は出来たのですか。見せてください」

ミツミも足しげく通い続ける代表に対し、何とかしてやりたいとの思いも芽生えていた。それは、青少年健全育成に関わる施設建設のために奔走している態度から、善意に従って行動しているアリとの認識に変わった為である。

「なるほど。前回に比べれば、融資額も増えてますね。しかし、まだまだとの感は否めません。これでは基準にも達しておらず、上にあげることは出来ません」

ミツミは、役所には何事にも基準というものがあり、特別な物件でない限り上司に相談することは出来ない現実を話した。

「困りましたな。主席夫人のイケアさんが『良い土地ですから、進めてください』と太鼓判を押してくれている事業ですが無理でしょうかね」

イケゴーは写真をミツミの目の前にチラつかせながら様子をうかがった。

「そのようなことは私には関係ありません。むしろ逆効果になる場合もありますよ」

ミツミは不快そうに身をそらせてイケゴーを見下ろした。

「これは、これは失礼しました。まあ、これはなかったことにして、何か方策はありませんか」

イケゴー代表は再び低姿勢になって、懇願のための恭順な態度に変わっていた。それと同時に、このような写真が通用するのはキャリアや幹部職員であり、ノンキャリアの事務員には通用しないことを学んでいた。

「そうですね。売買契約締結を前提としての借地契約を締結し、借地契約が終わった段階で購入するという方法はあります。但し、借地契約期間中に購入資金の調達は必要ですがね」

イケゴー代表の顔色が変わった。

「えっ、やはりそうですか。以前、借地の話をしたとき、気乗り薄の感じがしたものですから諦めておりましたが、よろしくお願いしますよ。ミツミさん」

イケゴー代表はミツミの手を取らんばかりに喜びを爆発させていた。

「これが必要な書類です。公的な借地契約期間は三年が限度となっております。その間、賃借料は支払わなければなりませんが、資金の目途を立てる余裕はあります」

ミツミは準備してあった書類を広げてイケゴーに示した。

「ところで、年間の賃借料はどれほどになりますかね」

イケゴーは探るような目つきでミツミを見つめた。

「あの辺りの地価相場から言いますと、年間三千万は下らないでしょう」

「えっ、三千万ですか、借りるだけでそんなにするのですか。高いですな。今のジムのある場所の賃貸料は八百万ですよ。何とか勉強してもらえませんか」

「勉強してくれ」とは、この地では「安くしてくれ」という言葉を、オブラートに包んだ言い回しであった。

「それは出来ません。今のあなたの土地と比べるとその広さが違いますので、簡単に比較することは出来ません」

ミツミは再び事務員の顔に戻り、イケゴー代表に対峙した。しかし、イケゴー代表は書類の書き方を根掘り葉掘り聞きつつ、期限までに書類を纏めるとの約束をして帰っていった。

私は、その日のうちに、シホー企画代表のイケゴー氏との遣り取りを、ミツミからの報告として受理していた。

八

私が再び参事室に呼ばれたのは、ミツミからの報告を受けてから数週間経った頃であった。

「来週、本庁、つまり中央管理センターの管財部の担当アリが来所するとの連絡を受けた。例の件は進展しているのか」

参事はそう言って神経質そうに触覚を震わせた。

「資金計画が不十分とのことで、こちらの方から売買契約を前提とした、借地契約の話を進めていると報告を受けております」

「資金計画が不十分とはどういうことかね」

「はい、金融機関からの融資が思い通りに行っていない模様です。借地契約を結んでいる間に資金の目途を立てさせたいと考えております」

「賃借料はいか程になるのかね」

「はい、基準通りということで三千万となります。これでも、イケゴー代表に言わせれば高すぎるとの意見は述べております」

「何か手立てはないのかね」

「えっ、どのような意味ですか」

私は、オウム返しに聞いてみた。

「だから、基準を緩和するとか、単価を引き下げるとか方法はいくらでもあるだろう」

参事は苛立っている様子であった。

これには次のような経緯があったのである。

東海管理センターから帰宅したイケゴーは、事の成り行きを妻に話した。

「そう、あなたの言う通り高いわよね。何か手立てはないのかしら」

「議員を使って圧力をかける手はあるが……恩を売ることになりかねないからな」

「あなたがいつもパーティー券を買ってやっている、リマー議員などはどうかしら」

「リマーさんか。彼は必ず見返りを要求してくるからな。これまでも、パーティー券購入の他に、数十万の裏金も渡してあるのに冷たいアリだよ。まったく、金儲けしか考えていない議員だからやり切れないよ」

イケゴー代表は気乗り薄であった。

「そうそう、イケア夫人のワカー秘書官に頼んでみましょうか。イケア夫人との窓口になってもらっているので頼みやすいわ」

イケゴー夫人が、手を叩き声を張り上げた。

イケゴー夫人はワカー秘書官に電子通信を送り、苦慮している様子を伝えた。

依頼を受けたワカー秘書官は、己の身分も顧みず本庁の管財課に問い合わせを行った。

驚いたのは本庁の管財課の職員である。地方管理センターでの貸借物件に、事もあろうに主席夫人付きの特別秘書からの問い合わせである。

「暫く時間を頂けませんか。調査してお答えいたします」

本庁つまり中央管理センター管財課の職員がこのことを知ったのはこの時が初めてであった。

「地方の管理センターでの物件とはいえ、主席夫人が関わっているとなれば、おろそかには出来ないと考えて、しばらく時間を頂きました」

話を受けた担当者は、問い合わせの経緯を上司に報告すると同時に、東海管理センターの事務員に問い合わせを行った。役所の担当者間の問い合わせを行う相手は、役職としては同じレベルのアリに限られ、上層部への問い合わせには同程度の役職のアリが行うことが慣例になっていた。

本庁からの問い合わせに対応したのはミツミ事務員であったが、その時は主席夫人関与の件は伏せられ、これまでの事務手続きの経緯の報告が主であった。従って、ミツミから私の方へ本庁から問い合わせがあった件については報告がなされなかった。

以前からであるが、我々事務員は「役人」とも呼ばれ、行政や議会に関わる全ての事務作業を担ってきた。その為、この数百年は戦いのない国としての評価を高め、世界でも有数な平和国家としての地位を保ってきた。

「新しい事をやらない為の理由を挙げさせたら、その右に出る者はないのが役人だ」

などと揶揄されるほど、新しい事あるいは自身の作業が増える仕事を排除し、前例主義を徹底的に踏襲してきた結果の成果ではあるが、その硬直性が非難の的になることも増えつつあった。「危ない橋は渡らない」が役人の真骨頂でもあったのである。その為、「新しい事をやらない理由を考えるのではなく、どのようにやれば社会に受け入れてもらえるかを考えよう」とのスローガンの下、役人の意識改革が進んでいた。しかし上意下達的な指示系統は残っており、「部下は上司の命には従わなければならない」などの規約は残っていた。

私は、直ぐにミツミを呼び経緯の報告を受けるとともに、今後の対策を話し合った。

「参事の話の様子だと、中央管理センターへシホー企画の方から依頼があった模様だ。本庁の関係者が来るとのことだが、それまでには対策を講じておく必要がある」

ミツミは無言だった。担当者として陳情者に精いっぱいの情報を提供し、何とか基準内での契約に持ち込みたいと考えていたにも拘らず、本庁にまで陳情の範囲を広げ、地方の管理センターに圧力をかけてきたことが許せなかったのである。

「君の報告によれば、シホー企画には将来の売買契約を担保に、三年間の借地契約を結ぶよう提案しているのだな」

「はいそうです。しかし、イケゴー氏は借地料の値下げを依頼してきました」

「国有地の借地契約はルールに則って行わなければならない。国内の全てのアリの共有物としての土地を預かっている我々は、基準を曲げるわけにはいかないのは、良く分かるし、そのようにしなければならないとも思っている。しかし、参事は違うことを考えている模様で困っているんだよ」

「基準を曲げて適用しろと言っているのですか」

ミツミの言葉が急になってきた。

「いや、彼もそこまでは口にしなかったよ。自分が指示したとなれば、後で責任問題に発展する恐れがあるからな」

「圧力はかけておいて、我々に責任をなすり付けようという魂胆ですね」

「まあ、そんなところだろうな。キャリアの常とう手段だよ。そこで考えたのだが、賃借期間を延長して、延べの賃借料に合わせれば国庫負担は差し引きゼロになる。どうかね」

私はミツミの顔を見ながら、考えてきた案を示した。

「どういうことですか……」

ミツミは提案の趣旨が分からずにいるようであった。

「結果的には、国庫には借地三年分の賃借料である九千万が入れば良いことになる、三年かける三千万で九千万だ。借地とする期間を十年にして、年間の賃借料を九百万とすれば、シホー企画も納得するであろうし、我が方も差し引きゼロの九千万が国庫に入る計算になる」

「……、しかし、何かしっくりしませんね」

ミツミはまだ気乗りがしない様子であった。

「あの土地が話題になったのは、シホー企画が購入を打診してきた時から始まったことだ。それ以前は空き地のままで賃借料も入っておらず、収支上は空白だったことを考えれば、残りの七年は目をつぶるしかあるまい」

「仕方がないでしょうね。しかしこの場合、特例措置の稟議書を纏めておく必要があります。決済が通りますかね。決済が通れば良いんですが」

ミツミも諦めた面持ちで頷いた。

「多分、参事が稟議書を通すのではないかと思うよ。それでは、本庁の担当者が来た時には、代替案としてこれを提示しよう」

我々は、不本意ながらもこのような対策を講じて対応することにした。

九

中央管理センターから派遣されたのは、キャリアのホンとノンキャリアのチョウの二個であった。共にここに赴任する前までは、机を並べて執務していた仲間のアリであった為、打ち合わせ前日の夜は宴席を囲んでの懇親会を企画した。

中央と地方機関の打ち合わせなどは、最終的に話し合った内容を文書にして残し決裁を仰ぐことになるが、話し合う議題の背景や議員の動向などは公式の場ではなく、非公式な場で語られることが多かった。

「今回の土地取引などは、わざわざ中央管理センターから職員を派遣するほどの事案ではないだろう。何があったのだ」

思い出話や知り合いの動向などで話が弾み、アルコールがまわってきたところで私はキャリアのホンに聞いてみた。

「中央の参事も理事もそのことには触れないんだよ。しかし、探ってみるとハマドー議員が絡んでいる模様だし、シホー企画の代表も直接陳情にも来ているらしい」

思ったとおりの展開になってきたと私はほくそ笑んだ。様々な施策を考えるにあたり、背景にどのような議員あるいは団体が控えているかを推測するのは、事務員として採用された時からの習慣でもあり、それが的中した場合は己の予想が当たったと単純に喜ぶ癖が着いていたためである。

「その折に、ベアー主席のイケア夫人と撮った写真を見せ、圧力をかけていたとの情報もあります」

別のアリが口を挟んできた。

「シホー企画のイケゴーとかいう代表が陳情に来た時、夫人との写真を机の上に並べていたということも聴いているよ」

キャリアのホンが中央で見聞きした情報を口にした。

「困ったことにならなければいいんだが……」

嫌な予感が私の脳裏をよぎっていった。

「さらに、その後のことになるが、主席夫人の特別秘書官から問い合わせがあったとのことで、中央は大騒ぎでしたよ」

「ということは、主席も絡んでいるということですかね。厄介なことになりそうですね」

私は天を仰いで手にしたジョッキを飲み干した。

「ところで、その秘書官だが、どのような名目で配属されているんですか」

ミツミが核心を突いてきた。

「主席夫人というのは、主席が外遊に行く場合などは、その公務つまり外交の遂行を補助する意味で、随行は許されております。その夫人を支えるのが特別秘書官ですから権限はないと思いますが、その影響力は大きいと思います」

別のアリが言った。

「しかし行政に関わる案件への発言権はないと思うが、どうだろう」

と私は言った。

「その通りだよ。夫人には、主席の公務補助という立場がある以上、私人ではなく公人であることは明白だよ。その夫人に秘書として仕えている以上、秘書の仕事も公務に準ずると考えるのが当然だろう」

私としては元の同僚としてではなく、同じように考えているアリは多いとの感を持って仲間の話を聞いていた。

「主席夫人の秘書官からの問い合わせということになれば、我々事務員は公的な問い合わせと思うのは当然だよ。何でまた、このような問い合わせをしてくるのか訳が分からないよ」

チョウがポツリとつぶやいた。

酔っている時の議論とは言え、これがアリ社会の普通の考え方であろうと考えていた。

翌日に行われた会議では、先に決めていた賃借契約の十年への延長と、賃借料の特別値引きの案が通り、その交渉は中央管理センターが行うことになった。ミツミはどのように思ったかは不明だが、私は釈然としない思いで決裁書へのサインを行った。というのは、地方の案件にまで中央が加担してくることは、地方の体力が落ちてくるだけではなく、そこに住むアリはもとより企業までもが、中央にだけ目を向けることになることを危惧していたからである。

私は、ミツミから上がってきた報告書に、これまでの経緯を多少詳しく加筆し参事に報告した。参事は、何事もなかったことのように決裁書を受け取り、「本件は、私の方から理事に伝えておく」と言ってほほ笑んだ。

その結果、シホー企画との間に、十年後の土地売買契約を条件とした、その間の借地契約が締結されることになった。

締結に同席したミツミからの報告によると、シホー企画のイケゴー代表は「神のご加護があった」と喜んでいたとのことであった。結果としては、十年の賃借期間の賃借料は年間で九百万となり、値下げを目論んでいたイケゴーにとってはこの上ない料金体制となり、施設建設に関わる資金繰りも余裕で進めることが出来ることになった。

私には、「何が神のご加護だ。権力を嵩に着たごり押しではないか」との思いがあり、釈然としない思いは残ったが、この案件は早く忘れようと努めた。

＋

暫くして、ミツミが私のところにやってきた。

「シホー企画の物件ですが、何でも、その敷地内からゴミが出てきたとかで、また、イケゴー代表がごねている模様ですよ」

私は、嫌な予感を持ちながらも、ミツミの話に耳を傾けた。それによると、契約締結後に、このような経緯があったとのことであった。

借地契約が済んだイケゴー代表は、借地契約と十年後にはその土地を購入するとの約定を持って、スポーツなどを推奨している体育部に話を持ち込み、スポーツ施設建設の補助金を申請したとのことであった。

体育部としては、以前にも同様の申請が出ていたが、当時は、土地取得の予定もないままの申請であり、門前払いよろしく却下していたため、書類だけは受け取り後に申請を却下するとの腹積もりでいた。新しいことには手を染めない体質はそのままだったのである。

ところが、イケゴー代表は、主席夫人であるイケア夫人との写真を手に、体育部担当の参事の下に押しかけ、強引に補助金の支給を求めたのであった。

「参事さん。何とかなりませんかね。ここに示している土地ですが十年間は借地として我々に貸与されております。当然十年後には、私どもの土地になることになっております。そこへ、このような体育施設を作り、青少年アリの健全育成に寄与したいと思っております」

イケゴー代表は、作成した図面を基にその夢を語った。体育部の参事とて、ハマドー議員からの「よろしく頼むよ」との働きかけがあり、やむなく立ち会ったに過ぎなかった。

「趣旨は分かりました。それでは建設に関わる資金計画はどのようになっておりますか」

参事との話し合いに同席した担当アリが書類に目を通しながら聞いてきた。

「もちろん出来ております。これをご覧ください」

イケゴー代表は、土地売買契約時の経験をもとに「役人は必ず資金計画を聞いてくる」との確信の下、次のような資金計画を述べた。

「まず、手持ち資金ですが五十億あります。内訳としてはシホー企画独自の資金が十億、残りは四つの金座からの融資で賄う予定です」

イケゴー代表は、そう言って胸を張った。

「当然、これだけの資金では施設は建ちません。残りの三十億を補助金で充当する計画です」

イケゴー代表の説明に澱みはなかった。

「なるほど、そうしますと、補助金を加えれば借入金は七十億になりますね。返済は大丈夫ですか。それと、補助金申請には体育課の許可つまり『青少年アリ育成事業』の許可が必要です。その許可は取ってありますか」

まずは、事業許可を得た後に補助金申請のあることが説明された。

「えっ、事前許可が必要でしたか。でも、この体育部の中の体育課の許可でしょう。併せて認可してもらう訳にはいきませんか」

「役所は縦割り行政になっております。それぞれの部署からの許可が出来ていなければ話を前に進めることは出来ません」

イケゴー代表にとっても、他のアリにとっても同一部署内の業務であり、併せての申請と許可の方が便利であり効率的であると考えていたが、役人の世界の常識は異なっていた。

「いやはや、そうでしたか。出直しますが、どなたか担当の方を紹介していただけませんか。そして、お口添えをお願い出来ませんか」

イケゴー代表の切り替えは早かった。担当の参事もハマドー議員の口添えがある一件でもあり、体育課の担当アリをその場に呼んで、書類を整えるよう指示を出した。

これで、補助金の支出も決まったようなものであった。

イケゴー代表は書類を整える傍ら、施設建設工事にも着手した。まずは、イケア夫人を来賓として招待しての地鎮祭である。地鎮祭は敷地にテントを張り、その中央に祭壇を飾って神職を招き、祝詞をあげた後に鍬入れをして工事の無事を祈るのは、地下に住むアリの世界でも行われる神事であった。

イケア主席夫人が再び来所するとのことで議員の参列者も多く、マスコミも挙ってこのことを書き立てた。

「主席夫人のイケア様、本日はお忙しいところお出でいただき感謝に堪えません。本当にありがとうございました。こちらでお休みください」

イケゴー夫妻は、地鎮祭終了後にイケア夫人をジムの代表室に呼び入れた。

イケゴー代表は得意満面であった。イケア夫人の名を出すだけで事が飛ぶように進むことに何の疑問も持たなかったし、夫人を利用しているとの意識も持たなかった。

「ちょっと、お渡ししたい物がありますので……」

イケア夫人がそう言って室内を見回した。

イケゴー代表は「人払いを要請しているな」と瞬間的に判断し、

「それでは皆さん、次の間に会食の準備がしてありますので、そちらへ移動してください」

と大きな声を出して、皆の注意を隣室での会食に向けた。

代表の部屋にはイケア夫人とワカー秘書官、そしてイケゴー代表の三人が残った。

「ベアーからのお祝いです」

イケア夫人はハンドバッグから、袱紗に包まれた袋を差し出した。夫人がハンドバッグを手にした瞬間、秘書官のワカーはそ知らぬふりを装って扉の外に消えていった。その何気ない仕草の中に、これまでもこのような光景が頻繁に起きていた様子が伺えた。

「えっ、宜しいんですか。あっ、有難うございます」

イケゴー代表は驚きつつも喜んで、腰を九十度に曲げてその袋を押し頂いた。受け取った感触からして百万はあるとイケゴーは踏んでいた。

「さあ、それでは食事の席にご案内します。恐れ入りますが、今一言、皆さんへのご挨拶をお願いいいたします」

押し頂いた袋を机の中に仕舞い込んだイケゴー代表は、手を差し伸べてイケア夫人を隣室に案内した。

袋にはベアー主席の名が墨痕鮮やかに表記されており、金額も予想した通り「祝地鎮祭・金百万両」と書いてあった。

十一

イケゴー代表の下に、工事に着手した建設業者から「土中に廃棄されたゴミが混入している」との連絡があったのは、地鎮祭から間もなくの頃であった。

「どうせ、捨てる土なのだから、ゴミぐらい入っていても構わないんじゃあないの。そのまま捨ててしまう訳には行かないのか」

イケゴー代表は「細かいことを言うんじゃない」との気持ちを込めて業者に対応した。

「ご承知の通り、今は、環境問題がうるさく問われるようになっております。掘削した土砂を廃土するには、国の基準に則った改良を施さなければ廃土は出来ないことになっております」

「それでは、どれ程のゴミが混入しているのか調べたのか」

「はい、地下三メートル程のところまで掘り下げましたが、その辺りまでだと思います。過去の状況を調べてみましたら、この辺りは沼地で、不法投棄などがあった所だった模様です。その為、土に混入しているゴミの種類も多く、撤去には費用が掛かりそうです」

「費用」という言葉を聞いたイケゴー代表の目の色が変わった。

イケゴー代表は、直ちに顧問弁護士に連絡を取り、事の経緯の説明をした後に、このように切り出した。

「ゴミの撤去費用は、こちらが負担しなければならないのか」

「売買契約に、出土するゴミの件は載っておりません。最終項に載っている『不明な点が発生した場合は両者で協議する』との条項がありますが、これで協議するしかありませんね」

イケゴー代表の頭の中に「この事実を、土地購入の値引きに使おう」との考えが浮かんだのはこの時であった。

イケゴー代表は、売買契約に携わった東海管理センターの担当者ミツミに事の次第を告げるとともに、中央管理センターへも手をまわすことを忘れなかった。

ミツミが私に語った内容は次のようなものであった。

土地売買に関わる売価の値引き交渉で、イケゴー代表の方から次のような相談があった。

「ミツミさん。賃借契約締結に当たってはお世話になりました。賃借料も値下げになり、資金繰りも順調に進んでおり感謝しております。ところがですね、工事に入った途端、土の中からゴミが大量に出てきたんですよ。業者に言わせると、ゴミの撤去には莫大な費用がかかるということです」

イケゴーはそう言ってミツミの顔を見つめた。ミツミは無言であった。次に出る言葉の予想がついていたからである。さらに、ミツミ自身も問題の土地に関する情報を調べており、そこからゴミが出ることは想定していたからである。

「土地の売主はミツミさんの所ですよね。販売物件に瑕疵があれば、売り主側がそれを是正するのが、アリ社会一般の考えですが如何でしょうか」

イケゴー代表はアリ社会の慣例を持ち出した。

「工事も始まっているとのことですので、私どもの方で今からゴミの撤去工事を別にやるというのは、現実的ではありませんね」

ミツミもこのように対応するのが精いっぱいであった。

「いや、センターさんに工事をやれと言っているのではありません。ゴミの撤去費用は私どもが負担しますので、その分の値引きを考えてもらいたいのですよ」

イケゴー代表は、実際の金額を提示しないままでの値引きの実施を要求してきた。

「地中から出るゴミの量はどれほどで、撤去にはどれ程の費用が掛かるのですか」

ミツミもやむを得ないと考えこのように聞いてみた。

「出土したのはまだまだ一部だと思います。土の中にはまだ多くのゴミが眠っていると思いますよ」

イケゴー代表は触覚を震わせながらミツミの顔色を窺った。

「ついでに言っておきますが、家のやつが、イケア夫人にも相談している模様ですよ。雄の交渉に雌は顔を出すなとは言ってあるのですが、なかなか言うことを聞いてくれません。困っていますよ。分かりますね」

イケゴー代表は、狡猾そうな一瞥をミツミに加えて席を立った。

「建設会社に対し、ゴミの量はどの程度かという問い合わせは済んでますか」

私は、ミツミに対しこのように問いかけた。

「問い合わせをしておりますが明確な回答はもらっておりません」

ミツミは苦しそうに言った。

「といいますのは、『まだ調査が不十分で、確定的な事は言えない。いずれ、施主であるシホー企画に報告するので、それまで待ってくれ』との一点張りなんですよ」

そう言ってミツミは、私の顔を懇願するように見上げた。

「シホー企画からの回答待ちということか。借地契約と売買契約も結んである土地であれば、我々が独自に調査するのは不法侵入で訴えられる恐れがあり、それは出来ないな。仕方がないだろう。シホー企画がどのように言ってくるかを待って対処しよう」

私もこのように答えるしか術がなかった。

それから暫くして、中央管理センターの担当者が再び来所して、シホー企画との交渉に立ち会う旨の連絡が入った。これには次のような経緯があったのである。

イケゴー代表は東海管理センターに対する交渉を持つと同時に、イケア夫人のワカー秘書官を通じて、中央管理センターへの働きかけを行っていた。このことは、ミツミとの面談の際イケゴー本人の口からも発せられた言葉であった。

イケゴー代表の奥方から「敷地内からゴミが出た」ということと「ゴミの撤去費用はシホー企画側が負担する。その代わりにゴミの撤去にかかった費用は、売却の値段から差し引く」という交渉をしていることが、イケア夫人に伝えられた。当然のことであるが、言外には「購入土地の値引き」の促進が加わっていることは言うまでもない。

話を聞いたイケア夫人は、さすがに中央管理センターに直接「値引きの連絡」をするのは拙いと感じ、秘書官に対して「ゴミが出土した経緯を調査」するように命じた。

ワカー秘書官は電子文書を使って管財課に問い合わせを行った。さすがに、主席夫人秘書官の名刺を振りかざしての文書持参は、相手を威圧することに繋がりかねないとの配慮は残っていた。彼女も事務職としての立場は弁えていたのである。

管財課の中でも、この件は密かな話題になっており、誰もが関わりたくない案件の一つであった。当然、前例主義に則り、先に東海管理センターで土地売買に関わった、キャリアのホンとノンキャリアのチョウの二個が対応する羽目になった。

ホンは送られてきた文書を持って担当参事の下に相談に駆け付けた。

「例の東海管理センターの土地売買に関する報告は、数か月前にすでに差し上げているところですが、今度は当該物件であった土地からゴミが出土したとの連絡が入っております。東海管理センターでは、ゴミの撤去は施主のシホー企画に委ねることとし、発生した費用を値引きに換算するとの意向でありとの連絡を受けております。ところが、先日、ベアー主席のイケア夫人の秘書官から、『通常の値引きはどのような基準でなされるのか。そして、本件の場合はどれほどになるのか』という問い合わせが来ております」

ホンはこれまでの経緯を手短にまとめ参事の反応を待った。この参事こそ、以前の土地取引の折にイケゴー代表と面談した経験を有するガラシー参事であり、イケゴー代表とともに写っているイケア夫人の写真に興味を示したアリであった。

「主席夫人が関わっている案件ということであれば、基準通りという訳には行くまい。何か手立てはないのか……」

参事自身の口からは「値引き」の話は出なかったが、部下の身になってみれば「手立てを考えろ」との命を受けたのと同じことであった。

「はい、参事もそのような意向かと考え、土地家屋調査士に問い合わせてみました。結論から申し上げると、ゴミの種類とその量に応じて計算されるとのことです」

「それで……」

「シホー企画が施主となっている以上、その調査はシホー企画が指名した業者が、調査を担当することになります。ところが、この企業は『結果はシホー企画の方に挙げる』と言って、回答してもらえませんでした」

「当該案件の担当部署は東海管理センターだよね。そこでも把握出来ていないのか」

「東海管理センターに問い合わせても同じ答えでした。それで、シホー企画の了解を得て、ゴミの量とどれ程の値引きを考えているのかを聞いてみたいと思っておりますが、如何でしょうか」

事務員の務めとして、上司に報告を持っていく場合は「如何しましょうか」とか「どうしましょう」では子供の使いと馬鹿にされるため、複数の代替案を用意して面談しなければ有能なアリとは認められない仕来たりが残っていた。しかし、今回の場合は、シホー企画に直接問い合わせを行うことになるため、連絡を取る了解だけでも取っておく必要があると考えたホンの自衛手段でもあったし今後への保険でもあった。

「聞いてみるしかあるまい。場合によっては、中央管理センターは、地方へ指導する立場であることも臭わせておけ」

本来、ここまで断言した命を下すことは少ないが、ガラシー参事も早くこの件から手を引きたいとの思いがあり、このような命になったのである。

直ちに、電子情報を使用しての担当者同士の打ち合わせが行われたが、共に算出根拠を持たなかったためと、先に口火を切った方が事務文書を作らなければならないという不文律も邪魔して、具体的な金額は面談の席上で決めることになった。

十二

シホー企画との話し合いの席上には、中央からのホンとチョウが、東海側からはミツミ担当が並んだ。シホー企画側はイケゴー代表と顧問弁護士の二個が席について開始された。

「出土したゴミの量はどれ程ですか」

互いの紹介の後、口火を切ったのはチョウであった。

「それがですね、今は、深さ三メートルまでしか掘り進めておりませんが、かなりの量にのぼるようです」

イケゴー代表は、数量を曖昧にしながらセンター側の様子を窺った。

「現在、三メートルとのことですが、その下にもゴミの存在が認められるということですか」

「はい、業者の話によるとその下にもゴミが埋まっているとのことでした」

「具体的なゴミの量が分からなければ積算の仕様がありません。何か根拠となるデータはありませんか」

ホンが困った表情でイケゴー代表の顔を窺った。

「そうですね。現状から推定すれば、かなりの量のゴミが埋まっていることだけは確かです。施設は地下構造物ですから、全てとなると数億の費用が考えられます」

イケゴー代表は、そう言って腕組みをして身をそらした。イケゴー自身、土地改良を担当している建設業者から「地下三メートル以下にはゴミは少ない模様である」との報告は届いていたが、彼は業者にそのことを口止めさせてこの会議に出席していた。その為、「この場は強気で推し進めよう」との思惑もあり、このような態度となったのである。

「以前、あの土地には小さな沼がありました。深さはせいぜい一メートル程だったと記録には残っております。その沼を埋め立て、その上に土を盛ったとしてもゴミが出る範囲は三から四メートル程度だと考えられます」

ミツミが過去のデータを基に、ゴミの量はそれほど多くはないとの考えを述べた。

「ミツミさん。あなたはあの土地にゴミが埋まっていることを知っていたのですか。知っていて売却したのですか。私どもも、契約の際にゴミのことは一切聞いておりません」

イケゴー代表の大きな声が部屋中に響きわたった。イケゴーにしてみれば、ミツミの発言は千歳一隅のチャンスであり、ここが値引きへの攻め際と考えての発言であった。管理センターにとっても、所内では、その土地は不良物件として認識されており、売却は「至急的速やかに」というのが基本的な考えがあったことも否めない事実であった。

「これじゃあ、話になりませんね。騙して土地を売っておいて、そこから出たゴミは自分で処理せよというのですか」

「いや、決してだました訳ではありません。元は沼地であることは知っておりましたが、ゴミが不法に投棄されていた事実は確認出来ませんでした」

ミツミもベテランの事務員であり、このような場合への対応は手慣れていたが、イケゴー代表の剣幕に押されて声も小さくなっていた。

「まあ、いずれ、ゴミの量もはっきりするでしょうから……その時に改めて話し合いを持つというのは如何でしょう」

ホンが話し合いの継続を提案した。

「それでも結構ですよ。今、地盤改良工事をやっているところですが、その分も含めて大幅に値段を引いてもらわなければなりませんね。例えば、売値をタダにするとか……ね」

イケゴー代表はそう言って笑い声をあげたが、目は笑ってはいなかった。

結論としては、ゴミ埋設量のデータ不足ということで会談は次回送りになったが、中央管理を含めての認識は「大幅な値引きに応じざるを得ない」というものであった。しかし、そのことを報告書にどのように記載しどのように決裁を受けるかはこれからの課題であった。

暫くして、イケゴーの顧問弁護士と東海管理センターの担当者ミツミに次のような打診が届いた。発信者は、中央管理センターのチョウであった。

「当該の土地から、想定外のゴミが出土した。現在、その撤去作業に取り掛かっているが、概算では売値に大きく影響する程の量が見込まれる。これまで運搬車数千台を投入しているがまだ撤去の見込みはつかない。として中央に報告してもらえないか」

というものであった。連絡を受けた弁護士はシホー企画にとっては申し分ない提案であり、イケゴー代表も喜ぶではあろうと考えたが「中央管理センターは値下げを前提に画策している」との判断をした上で、運搬車数千台などという報告は危険があると考え「事実に反する報告は出来ない」と原則論を基にこの申し出を断った。このことは直ちにイケゴー代表に伝えられたがイケゴー代表は笑って頷いて、弁護士へ慰労の言葉を投げかけた。中央の動静がこの打診で「値下げ」に動いていることが確実に判明したからである。

東海管理のミツミは、一瞬、言われるままに報告書を作成し、この案件から手を引きたいと思ったが、「王国のアリたちのために（王国アリファースト）」という国家事務員の矜持に背くことは出来ないと思い直し、「事実に反する報告は出来ない」との回答を送った。しかし、何故に、中央管理センターが一地方の案件にこれほどまでに拘るのかは理解出来なかった。

十三

ワカー秘書官からの問い合わせは、ガラシー参事を通じて、管財部で土地の管理を担当するカワサ理事に伝えられた。管財部の中にはカワサ理事のほかに官房役のアオキ理事、会計担当のシラキ理事、文書担当のアカキ理事、そして庶務担当理事であるミトリ理事が在籍していた。彼らは、月に一回程度の定例会を開催し情報交換を行っていた。様々な案件を抱える理事にとって、担当以外の情報の共有は部内の統一にもつながり、抱えている苦悩を相談出来る唯一の場でもあった。

行政を司る組織が国家省と呼ばれ、その代表が主席であることは前述したとおりだが、主席の下には大蔵部や人材部などの下部組織があり、その責任者が長官と呼ばれ、議員の中から主席の指名により任命されている。長官の直属として位置付けられている役職が理事と呼ばれるアリたちで、それぞれの部に関わる専業事務を担っている。上級国家事務員合格者の中でも理事まで上り詰めるアリは、キャリアの中でも優秀なアリと言われている。

「また、あのばあさんのお節介が始まったのか。心してかからないと何を言い出すか分からないから気をつけろよ」

ガラシー参事の話を聞いた理事アリの中から、次々と発言が飛んだ。気心の知れた仲間内の会であり、日頃の鬱憤を晴らすにはもってこいの場でもあった。

「前の、教育部での学校認定の折には、主人であるベアー主席の友人の学校を無理やり法人化してしまった前歴があるからな。その為、教育部の認可担当の理事が議会答弁で苦境に立たされ、体を壊したということもあったからね」

「あの件はひどかったね。ベアー主席と刎頸の友と呼ばれ、いつも二人で飲んだり遊んだりしている学園長が国に申請している学校認可のことを、議会で問題になるまで知らなかったと言って通してしまったことには驚いたね。取り巻きの議員も主席の友人だからということで目をつむったんだろうね。これじゃあ、形を変えた独裁国家と同じだよ」

「これには夫人も関わって『男の悪だくみ』などと電子版に投稿していたが、いい気なもんだよ。話によれば、ベアー主席ですら注意出来ないほどのわがまま雌アリらしいよ」

「主席夫人の要請ともなれば、これは、我々にとって準主席案件と言っても過言ではないほど重みのあるものだ。ベアー主席もこの辺りは分かっているのに口をつぐんでいる。まったく卑怯だよ。主席としてというよりアリとしてどうかと思うね。彼には、アリ王国の為というビジョンがないし、いつも行き当りばったりで世の中を泳いでいる感がするよ」

「形勢が悪くなると、次から次へと別のスローガンを掲げ、一般アリの目を別件に転化させる技法だけは見事なものだよ」

「まあ、それを作るのが我々の仕事だから、それ以上は言えないけどね。でも、我々も、いつの間にか政局に巻き込まれていく感は否めないね」

「昔の主席は、政局と行政はきっちりと分けて対応していたということだよ。私の先輩で主席秘書官として主席官邸に詰めていたアリがいましたが、切れのいい対応をしてもらえたと喜んでいましたし、それを後輩の秘書官にも継承するよう促していましたよ」

「しかし、今では、議員の方が国家事務員を良いように使いこなし、自身の暗部すら事務員の責任に擦り付けるようになってきた」

「その、主席秘書官の頃の政界はS主席が長期政権を務めており、各所にそのひずみが散見されるようになった頃だったね。そこで、議員のTとNが連合を組んでSの追い出しにかかったんだよ。秘書官としてもその辺りは微妙に感じ取ったため、時間になっても主席官邸を後にしにくい雰囲気があったそうだよ。そんな時、T議員から『ここからは政局だから、君たちは帰ってよい』などの言葉を得て、事務員が政局のゴタゴタに巻き込まれることはなかったとのことだったよ」

「また、我々の大先輩からの教えも『事務員は公正中立でなくてはならない。そのためには政局に引きずり込まれないよう、さらには、自ら乗ることのないようにしなければならない』と叩き込まれてきました」

「しかし、今は、何でもかんでも事務員へ押し付け、失敗すれば事務員の責任として処理してしまう長官や議員が多くなった」

「その要因として、世襲議員の多いことが挙げられるね。中には立派な議員もいるにはいるが、おしなべて不勉強な議員が多いよ」

「我々管財部の長官のソアーなどはその典型だよ。当初、漫画しか読まないなどと公言していましたが、嘘かと思っていたら本当で簡単な漢字すら読めない。だから答弁書にルビを振る始末で仕事が増えたと苦情殺到ですよ」

「マスコミでは未曽有とか踏襲が読めなかったなどと軽蔑して書いてあるが、実際には措置、詳細、頻繁、順風満帆などなど中学生程度の漢字も読めなかったことは有名だよ」

「そうそう、そんな事件もありましたね。それともう一つ、情報を確かめもせずにぺらぺらとマスコミに話をする傾向がある。マスコミ受けだけを狙っているので、発言の尻ぬぐいが大変だよ」

「だから、ソアー長官にだけは結論しか持っていかないというのが鉄則になっているよ」

「そうそう、途中経過などを小耳に入れると、何かの拍子に口走ってしまう恐れがあるからね。『俺はこれだけ知っているんだぞ』と自慢したいのかもしれませんね」

「このところ、少しは上品に振舞うようになってはきたが、品行は直せても品性までは直らないからね。困ったものだよ」

「多分、彼には、ベアー主席に対する嫉妬心があるのかもしれませんね。共に、二個とも、典型的な世襲議員ですし、学校も王国立ではありません。我々王国立のアリから言えば少し変わった雰囲気を感じることもあるね」

「ひと頃は、王国立を卒業したアリたちが主席に就いて、大きな観点から政策を担当してきたが、世襲議員が増えたことでこの流れが変わったね」

「一概にはそうも言えない面もあるよ。王国立出身の主席が我が国を世界戦争の中に引きずり込んだ歴史もあるし、庶民主席と呼ばれたたき上げで主席になり、立派な業績を残したアリも居たよ。まあ、主席になったアリの心構えと覚悟が政局を左右するよ」

「いずれにしても、我が国の方向が間違わないよう、我々が踏ん張らなければならないね」

「それはそうだが、我々キャリアとて、世間の常識から見れば一風変わっているのかもしれないよ。その、出目などは話題にしない方がいいと思うよ」

「話は変わるけど、ベアー主席の現政権の前に政権を取った主民党にはがっかりしたね。もう少しマシな政策集団かと思いきや、単なる寄せ集め集団でしかなかった。我々事務員も、これで少しは政局が変わるかしれないと期待したが、見事に裏切られたね。そのトラウマがあるから推薦集団としてのアリたちも、思い切った手を打てずに今日の混迷を招いていると言っても過言ではない。残念だったね」

「そうだったな。我々は、現政権のシンクタンクとしてアリ社会をどのように導いていくかを考えることが本当の仕事だよ。我々が団結して、議員や主席夫人などからの横やりに抗していかなければならないと思うがどうかね」

「そのようにしたいのは山々ですが、人事権や定年後の再就職の先まで政権側に握られているのが現実ではありませんか、こうなると、仕返しをされるのではないかとの思いもあり、動きに制限が出てくるのはやむを得ないね」

「よし、話はこの辺にして、久しぶりに小料理屋にでも行って、憂さ晴らしに一杯やりませんか」

「いいね、たまには良いだろう。しかし、昔は、このようなときには金座に電話一本かければ、担当者が駆けつけて高級料亭やクラブへ案内してくれたものだが、今は自前での飲み食いが当たり前になっている。時代だね」

「そうそう、昔は、ノーパン姿でしゃぶしゃぶ料理を提供する店などが接待場所となって問題になったことがあったね。今日は、小料理屋よりもクラブへでも行って女給相手に言葉遊びでもやりますか」

彼らはそう言って時間を調整し会議室を離れた。理事まで上り詰めたとはいえ、一般アリと同様な環境で過ごしてきたアリ同士であり、様々な横やりを受けることも多かったため、このような愚痴となって口に出るのはやむを得ないことでもあった。また、ほぼ同期のキャリアであり、それぞれに辛酸をなめた経験も有しているため結束力は固いものがあった。しかし、カワサ理事のもたらした情報の共有はなされたが、主席夫人の問い合わせに対する対応などは先送りになった。

十四

カワサ理事は、やむを得ず、ワカー秘書官には「来年度の予算に反映させる」との回答をするようチョウに命じた。一般には何のことかは判断出来ない文々であるが、予算に反映させるということは「そのように事を運びます」と解釈出来る隠語であった。

命を受けたチョウは、値引きの根拠をどのように作成するか迷っていた。言ってみれば値引きの為の資料ねつ造であり、一個で悩むには課題が大きかった。

「東海管理センターの物件の売値の件でご相談したいことがあります」

チョウは、直属の上司でキャリアアリのホンを訪ねた。

「直接東海とシホー企画に打診して、売値に合うようなデータを出してもらうよう依頼するしかあるまい。しかし、慎重にな」

チョウは内心ホッとしていた。これで、問い合わせの責任は己からホンの方へ移ったからである。そして、「ゴミの量を割り増しして報告出来ないか」との問い合わせとなった経緯は前述した通りである。しかし、その問い合わせに対し、シホー企画側も東海管理センター側までもが「事実に反する報告は出来ない」と判で押したような回答を返してきたのである。

思い悩んだチョウはホンのもとを訪れ協議した結果、再度、両者のもとへ出向き意向を確かめる手立てに出た。その際、値引きの幅の概算は抑えておく必要はあったが、二個の腹の中には「シホー企画の言い値を飲まざるを得ない」との判断で一致していた。

「単刀直入にお聞きしますが、シホー企画さんとしてはどれ程の値引きを考えておられるのでしょうか。参考までにお聞かせください」

シホー企画の弁護士から「まだ、確定的なゴミの量は算出出来ていない。その理由は、いくら掘っても量は少なくはなっておりますがゴミは出てきております。敷地内の数か所で試掘を行って調査してみましたが正確な量は分かりません」との報告を受けて会議が開始され、その言葉を受けて、中央のホンが発した言葉が冒頭の発言である。

管理センター側は、中央からのホンとチョウの二個、東海側からは担当のミツミと私が出ることになった。この件を参事に報告した折に「今度の会議には君も出席するように」との命があったからである。シホー企画の側はイケゴー代表と企画側の弁護士であった。

「ゴミの総量が分からないままでは、我々としてもその値を算出することは出来ません。しかし、これまでの経緯を見ると莫大な額に上ることが予想されます」

弁護士は、現在までの深さ以上にはゴミは出ないであろうとの推察はしていたが、値引き交渉ということもあり慎重に言葉を選び、暗に値引き額の底上げを要求してきた。

「売値としている十億以上の費用がかかるかもしれませんよ。業者からの見積もりでは、今、弁護士が言ったように莫大な費用がかかるということだ。概算だがね」

イケゴー代表が口をはさんできた。後になり、ゴミの積算に関して業者側に「ゴミの量を多めに積算してくれ」と口頭で依頼したことが明るみに出て、本人が苦慮することになるのだが、この時点では強気であった。

「困りましたね。それではシホー企画さんでは、どれ程の金額であれば支払うことが出来るんですか」

中央のホンが売値の交渉に入った。

「業者は十億以上と言っておりますが、いくら何でもタダという訳には行かないでしょう。そんなことをすれば、必ずマスコミに叩かれますからね……」

と、イケゴー代表が思わせぶりに沈黙した。我々は顔を見合わせ次の言葉を待った。

「そうですね、一億程度であれば何とかなりますかね……」

イケゴー代表は、苦しそうな表情を浮かべてホンの顔色を窺った。

「ということは、『ゴミの撤去費用として九億は曲げられない線』と考えてよろしいということですか」

「当方としては、安いに越したことはありません。後々、問題にならないようゴミの産出量は売値に合わせて報告しますよ」

イケゴーは心の中では小躍りしながら、しかも、顔には苦渋の色を浮かべながら、その申し出の受け入れを表明した。

シホー企画にとってみれば、十億の物件が一億で手に入ることになり万々歳であったが、管理センター側にとっても、主席案件から早く手を引きたいとの思惑があり、早期に手を結ぶことで合意した。

王国の土地は王国に住むアリたちの共有物であり、その管理は事務員に任されているとはいえ、土地の売買が発生した場合は、国有財産を正規な手続きで売買しなければならないのは当然である。交渉に当たった我々もそのことは重々分かってはいたが、根拠としてのゴミの量が値引きに合わせる形で提示されるということもあり、根拠資料が整っていれば問題はないであろうとの判断もあった。

しかし、今回の取引は、私の事務員生活の中でも汚点として残る案件であった。今でも、主席案件として押し付けられた感が否めず、王国のアリたちに背信を働いたとの忸怩たる思いは残った。ましてや、直接の担当であったミツミにとってみれば、中央管理センターに押し切られたとの思いが強く残るのはやむを得ないことであった。

「このことは、キッチリと記録に残して報告しますよ」と言っていた通り、ミツミの報告書には、主席夫人からの働きかけや中央からの指示などが克明に記載されていた。

十五

暫く経った頃、東海管理センター管轄の地方議会で「国有地が不当に安価で売買されているのではないか」との指摘があり、「週刊新春」なる週刊誌が「国有地売買に疑惑浮上！」と騒ぎ立て、一地方の問題が全国的な話題として浮上してきた。

中央管理センター財務部や東海管理センター側も、通常であれば公表する売買価格を非公開としていたため、より一層の疑惑を呼ぶ形となった。財務部と東海管理センター側にも後ろめたさがあり必死に隠ぺいを図っていたが、地方議会の議員が売却額の公表を求めて提訴に踏み切ったのである。さすがに、財務部と東海管理センター側も隠し切れずに「シホー企画側への売却額は一億であった」と公表に踏み切った。

当初は「近隣国有地より安く国有地が売買されている。売値がほぼ十分の一という法外な価格であり、売値の根拠がはっきりしない」といううわさ話が現実のものとなったのである。世に根も葉もないうわさ話が出ることはあるが、うわさ話が真実を伝えていることがあることも証明されたのである。

この公表を機に議員たちが動き始め、王国の上院と下院にまで話が飛び火する結果となったのである。昔の議員は、議員自らが疑惑を見つけ出し、議会で問題として追及する力量を持っていた。しかし、この時代になるとそのような能力を有した議員は少なく、マスコミの情報にすがる議員が殆どであったのである。

いつの時代でもマスコミは権力者側を監視し、不正があればそれを糾弾する心意気がなければ真のジャーナリストとは呼ばれない。権力側に取り入り権力側のメッセンジャーボーイとなり下がったアリはマスコミ界から身を引かなければならない。

議会では上下両院ともに特別委員会を設け、事の顛末を巡る審議が行われることになった。売却に関わった中央管理センター財務部のカワサ理事が、国側の担当者として議会に招請され質疑が行われた。

当初は、売買の経緯と主席夫人の関与などに議員の質問は集中したが、答弁に立ったカワサ理事は立て板に水を流すがごとき弁舌で、疑義に関わる全てを否定したのである。

通常、理事クラスの者の答弁であれば「現時点で把握している限りにおいては……はないものと認識しております」など保留条件を付けるのが常であるが、カワサ理事の答弁は言い切り型の口調に終始していた。この背景には、はっきり言い切った方が国民は信頼すると踏んでの発言であったのであろうが、最終的にはこれが裏目に出ることになる。答弁内容は次のようなものであった。

「土地売買に関し議員や主席からの圧力があったのではないか」などの質問には、

「当時の経緯を見れば議員の圧力や働きかけは考えられず、すべて適法に処理している」

質問者も、ここで「その根拠となる書類を示せ」などと、文書の有無を質問すれば後々の隠蔽・改ざん事件にまで発展することはなかったが、議員にそこまでの力量がなかったのである。

「国有財産を違法にも似た形で値引きした根拠はどのようなものか」の質問に対しては、

「不動産鑑定士による適法な手法で売却額を決定した。出土したゴミの量に合わせての算出額である」

本来は、ここでゴミの量や埋まっている範囲など、初歩的段階を経た質問で追及すべきであったが、野党側の議員も能力不足でこのような回答を許してしまったのである。

「シホー企画側との価格交渉はあったのか」に対しては、

「東海管理センターに売却価格を提示したこともないし、シホー企画側からいくらで買いたいとの希望もなかった」と答えている。読者はこれまでの経緯を知っているので、この答弁は虚偽であることが分かるが、管理センター側は議会で虚偽の答弁を繰り返すことになる。

さらに、「十億もの国有財産に関わる売買であり、この間の経緯は記録として残っているはずである。それを出してもらいたい」との追及にも、

「シホー企画側との交渉の記録はすべて破棄してある。文書破棄に関しては事務方のミスであり謝罪したい。今後は文書管理のルールの徹底を図っていく」

言外に「ない袖は振れない」「これまでは部内の文書管理が不十分であった。今後は文書管理の徹底を図る」などとして責任の所在を現行規定の不備に転化させるなどの手法で、質疑からの逃げを図っていた。

この答弁に対しベアー主席は「あの理事は冴えてるね」と絶賛し、長官であるソアー議員も「カワサ理事は極めて有能である」と持ち上げていた。頭の中では「これで、疑惑は解消に向かうであろう。どうせ、この国のアリたちは頭が悪いし、淡白だからすぐに忘れるだろう。ほとぼりが冷めた時点で論功行賞としてカワサ理事を昇格させればよい」と考えてほくそ笑んでいた。その思惑通り、暫く経った時点でカワサ理事は、事務員の最高峰と言われる次官に昇格している。

由自党には古くから「論のすり替え」や、都合の良い発言者に対する見返りとして金品を与えたり、出世させるなどの体質があった。特にベアー主席が率いる今の政権になってからは、何か問題が発生するとその本質に向き合う答弁を避けて、文書管理など別な問題に目を向けさせる手法が巧みになってきた。さらには、景気が低迷するなど行政上の問題が発生すると、「美しいアリの国」などと新しいキャッチフレーズをばらまき、一般アリたちの目をそらせることも巧みであった。しかし、能力の低下した野党陣営はそれに抗することも出来ず、主義主張を声高に叫び離合集散を繰り返すのみであった。

当然のことであるが、主席夫人の名がシホー企画の「名誉館長」に名が載っていることも追及されたが、この件についてはベアー主席本人の口から「妻が名誉館長などという役職に就いていたことは事実であった。この事で混乱を招いたことはお詫びしたい。しかしながら、だからと言ってシホー企画に便宜を図ったり、売買に関わる口利きなどの行為は一切やっていないことを明言する」などと一見まともな答えに見えるが、その根拠も示すことのない答弁に終始した。

これには、さすがの野党議員も納得せず、委員会の席上でベアー主席への質問を繰り返した。

「ベアー主席、主席の奥方が、当該企業であるシホー企画が建設を進めている体育施設の名誉館長に就任しておりますが、土地売買に関して、売値を下げるような口添えをしたのではないかとの疑惑がささやかれておりますが如何ですか」

野党議員がベアー主席を挑発するようにその関係を正した。

「そのような事実は全くありません。妻や私が関与しているなど失礼なことを言わないでもらいたい。私や私の妻がこの件に関与していたら、私は主席も国の議員も辞めますよ」

ベアー主席は、答弁でこのように言ってしまったのである。主席の答弁に関しては、主席官邸の補佐官が関係部署の理事と協議し作成することになっているが、ベアー主席が感情に任せてこのようなことを口走ってしまったのである。

驚いたのは官房長や主席官邸の秘書官である。答弁書にない言葉が発せられた以上、その答弁に沿った事実を積み上げていく必要が生じた。今後の議会運営に負の影響が出ることを恐れたからである。

前述したごとく、最終的な主席答弁は、主席に関わる事務を取り仕切る主席補佐官数個と関係部署の理事が協議して文案を検討し、議会での発言に齟齬の生じないように調整されるものであるが、ベアー主席は感情に任せて不用意な発言をしてしまったのである。

一方の野党側は「言質を取った」とばかりにいきり立ち、ベアー主席の追及を強めることとした。これまで、野党が纏まっても崩すことの出来なかったベアー主席政権に、初めて鉄槌を加えられる千載一遇のチャンスとばかりに意気込んでいた。そこで、正面からベアー主席を攻めるのではなく、搦め手から攻める作戦とし、手始めに、シホー企画のイケゴー代表を証人として議会に招集したのである。

民間のアリを議会に招集する場合、通常は参考人として招請される場合が多いのだが、今回は証人喚問という形がとられた。これは、議会で虚偽の答弁を行い、それが虚偽であると発覚した場合は、議員証言法違反で起訴されるなどの罰則を伴うものであり、証言者にとっては荷の重いものとなっていた。

議会の証人喚問に応じたイケゴー代表は、これまでの経緯をほぼ正確に述べた。正確に述べるということは、これまで国側が否定していたことが「虚偽であった」と暴露される結果となったのである。

しかし、イケゴーは、施設建設に関わる補助金申請や資金調達に関わる申請書類が、申請する機関に応じて変更していた点だけは「刑事訴追の恐れがあるため答弁は差し控えたい」として証言を拒否した。彼は補助金申請に当たり、補助金を受けやすくするため申請書に添付する計画書を偽造していたのである。

問題になっているイケア夫人の関与については、

「シホー企画の趣旨に賛同いただきお褒めの言葉を頂戴した」

「建設を予定している体育施設の名誉館長になっていただいた」

「何度か現地に足を運んでいただき『いい土地ですから前に進めてください』と言われ嬉しかった」「何度かお目にかかる中で、私の家内とも電子情報を取り交わす仲になり、秘書の方を通じて、様々な助言も頂いた」

などと言外にその影響力が大きかったことを匂わせた。そして、土地の売買に関わる協議には直接触れず、「神のご加護があった」などと人を食ったではなく、アリを食ったような答弁に終始した。事前に売り主側との交渉があったということになれば今後に響くとも考え、国側の答弁に沿った内容としたことは明らかである。

証人喚問で国側の虚偽の答弁が否定され、主席夫人との親密さが浮き彫りになった時点で、国側は「イケゴー代表は信頼性に欠ける人物である」というイメージを植え付けるため、過去における様々な悪行を探し当て、マスコミにリークする形で公表した。どのようなアリでも過去に一つや二つの違反は重ねており、国家権力をもってすればこれを暴くことなどは朝飯前なのである。

国からのリークを受けたマスコミは、一度はイケゴー代表を糾弾する方向に流れたが、さすがに、国による扇動に乗る馬鹿なアリたちばかりではなかった。王国中のアリは国の姑息な手段を感じ取るとともにその本質を見抜き、自分たちが馬鹿にされていることに気が付いた。ベアー主席たちが画策した「どうせこの国のアリどもは一時的に騒ぐだけで本質が分かっていない。ほとぼりが冷めれば忘れてくれるよ」との目論見は完全に外れたのである。

目論見が外れるという点で、同じ時期に発生した教育部の事件も記載しておこう。事の発端は定年退職後の再就職に関わる斡旋業務であった。キャリアアリと言えども、いつまでもその職にとどまるわけにはいかず、いずれは定年を迎えることになる。これまでは、キャリアとして身に着けていた知識を活用すべく、その知識を必要とする民間の企業や団体へ再就職するのが常であった。

一般のアリたちはこの行為を羨望と蔑視を加えながら「天下り」と称していた。しかし、このような行為は企業などとの癒着を生む源泉となり、広く批判を浴びることになった。

国はその批判を抑えるため、当該部の関わる企業や団体に再就職することに制限を加えたのである。

例えば教育部の天下り先は大学の学長あるいは事務局長などであり、教育団体などであれば理事長や事務局長などであるが、再就職者が培った仕事の影響が薄れるまでは「仕事についてはならない」というルールを作ったのである。

本来、その仕事で能力を発揮していたアリが、その仕事の延長にある業務に就くことは、アリにとっても当該企業にとっても有利なはずだが「天下った先からまで、先輩ずらされて指図をされるのは我慢がならない。元の上司から頼まれれば断り切れずに企業との癒着も起こりかねない」との後輩アリの思惑もあり、このようなルールが作られたのである。一般アリにとっても、天下りで甘い汁を吸うキャリアの再就職に歯止めがかかったと喜ぶことになったのである。

そのような折り、再就職者をいったん登録させてプールしておき、一年あるいは数か月間はこれまでの仕事と関係の薄い部署に再就職させ、ほとぼりが冷めた時点で本命の企業等へ就職させる事件が明るみに出たのである。教育部のノンキャリアのアリがその采配をふるっていたが、その行為が数年経った時点でマスコミの知るところとなった。当該事実を見逃していたあるいは気が付かずにいたとのことで、現職の教育部のキャリアの最高峰であった次官が、その職を追われる事件が発覚したのである。

キャリアに限らず、管理職として指導的立場にあるアリには常に責任が付いて回るのである。例え、自己の管轄下で起きた事件ではなく、前任者の時に起きた事件でも、「管理不行き届き」の名の下にその責を負わせられるようになっている。

そのキャリアアリがベアー主席の政権を批判した記事があるマスコミ誌に載ったのである。内容は大学認可に関わるベアー主席の関与に対するものであったが、政権側にとっては猶予せざる面があったとみえ、ある日突然主席官邸の官房長が、記者会見で唐突にそのアリの悪行を並べたのである。

「このアリは、教育部の次官まで上り詰めたアリであるにもかかわらず、在職中にいかがわしい店に出入りしていた」

一瞬、記者のアリたちも何のことか分からなかったが、政権批判をした元同僚アリに対し「過去における悪行を拾い集め、組み立て、そして公表する」といった手続きを取ったことに唖然としたのである。

後になって、このキャリアの行為は「このような場で働かざるを得ない雌アリの実態を調査することが目的であった」ことが判明したが、政権に反旗をひるがえすアリは、例え昔の仲間でも非情に切り捨てる体質が暴露されたのである。これこそ藪をつついて蛇を出すの例えのように、目論見が外れたベアー主席の汚点でもあった。

問題を起こしたアリの悪行をリークし、世間の目を「このアリは、こんなに悪いやつなのだ。だから言っていることも信用出来ないし信用してはならない」方向へ向けさせる、姑息な手段はベアー主席が率いる政権では得意な分野の一つであった。しかし、アリたちは強かにその経緯を注視していたのである。

十六

話は少し遡るが、ベアー主席の議会答弁書作成とカワサ理事の答弁には次のような経緯があった。まず、カワサ理事の答弁であるが、作成に当たっては担当あるいは主任が原案を作成し、参事そして理事へと文書が回る仕組みになっていた。当然この間、過去の答弁との整合性や解釈の相違と調整、法律上の瑕疵の有無などが検討されるのが常である。そして、その答弁書は部内の理事の決裁を受け正式なものになる。財務部の場合は、カワサ理事のほかに官房役のアオキ理事、会計担当のシラキ理事、文書担当のアカキ理事、そして庶務担当理事であるミトリ理事全員が目を通すことになるし、重要な問題の場合は五個の理事が集まり、協議して答弁書を整える場合もある。

「おい、東海管理センターの土地売買の文書を取り寄せろ」

中央管理センター財務部の主任アリが雌アリの主事に命じてその文書を取り寄せた。それを読んだ主任は驚いて、仲間の主任に当該文書を見せると同時に直属の参事にも文書を提示した。その文書には、詳細にわたる経緯が書かれており、東海管理センター理事の決裁が済んだことを示すサインが記してあった。

「これだけ詳しいと経緯は分かるが、議員名や主席夫人の関わりも書いてある。カワサ理事の答弁書を作るのに資料としては使える資料だが、このままではヤバいよね。これ」

「まったく、困ったものだ。これだから地方のセンターは気が利かないんだよ。このような文書は結論だけ書いておけば良いんだよ」

などと、自己都合に合わせての愚痴が飛び出したが、文書の書き換えにまで言及するアリはいなかった。

「一応、質問書に合わせて答弁書を作り、理事の判断を仰ごう。但し、議員名や夫人名などは極力外す形にしてくれ」

参事の言葉を受ける形で事務作業が開始された。

「おい、野党議員から『土地売買に関し第三者からの働きかけはなかったか』あるいは『主席夫人の関与について』などの質問書があるが、『はい、ありました』では答弁にならないし、火に油を注ぐ結果になりかねないよ。困ったな」

事務員たちは答弁書作成に困惑していた。

その様子を参事から聞いたカワサ理事は、東海管理センターでの決裁文書を持ってくるように命じた。目を通せば一枚目に決裁欄があり、二枚目以降が内容という形式は中央の決裁システムと同様であった。本来、このような文書は「書き換えない」という前提のもとに成り立っているもので、そのことは事務員としての矜持でもあった。

カワサ理事は、議員からの質問書と、それに回答する形で書かれた答弁書を準備して、自室に他の四個の理事を呼び寄せた。当然、準備した答弁書は主任たちが苦労して作り上げた文書であった。そして、ベアー主席の補佐官を務める五個の補佐官の中から、一等補佐官のマイー補佐官と議会対応補佐官のトーサ補佐官を呼び寄せた。

カワサ理事は集まった四個の理事と二個の補佐官に対し、苦しい胸の内を話した。

「このような文書がある限り、議会答弁で議員や主席夫人の関与は『あった』と述べざるを得ない。そうなるとどうなるのかはお察しの通りです」

カワサ理事はそう言って一同の顔を見渡した。他の理事は「余計なことに首を突っ込まざるを得なくなった。議員もイケア夫人も何てことをしてくれたのだ」との心中の思いは同じだったが、深刻そうな面持ちを保ったままカワサ理事の次の言葉を待った。

「そこで相談だが『議員と主席夫人の関与はなかった』と発言したい。当然、他の分野もつじつまを合わせる答弁に書き換える」

主任たちが作成した答弁書を虚偽の文面に書き換えるというものであった。カワサ理事の発言に他のアリは沈黙するばかりであった。

「答弁を変更するとなれば、同時に、この文書も書き換えなければつじつまが合わなくなる」

カワサ理事の口から、議会での虚偽答弁と決裁文書の改ざんが飛び出したのである。しかし、他のアリたちは頭を下げたまま沈黙するばかりであった。

「昔の武士は、主君を守るために命を懸けた。今回は、我々が主席を守るため命を懸けなければならない」

マイー主席補佐官が賛意を込めてこのように切り出した。

「それは数百年前の封建時代の出来事だろう。今時、何を言っているのだ」

「守ると言っても何を守るのだ。守るべきは国内アリの権益ではないのか。主席を守るためにうその答弁をするというのは許されるものではない」

「虚偽の答弁は許されないことであり、ましてや、文書の改ざんなどは以ての外である」

「それでは、ベアー主席と政権がどうなっても構わないと言うのか」

「『一将功なりて万骨枯る』か、情けないがやむを得ないか」

「このことがバレたらどうするつもりですか。私は加担出来ませんね」

理事や補佐官たちの意見は原則論とやむを得ないと考えるアリとが拮抗していた。

「この答弁の責任ですが、私、カワサが背負います」

カワサ理事が発した一言で、場の緊張がゆるんだ。彼らにとって責任を誰がとるかは重要な要素であり、己に責任が及ばないことが分かれば、国家事務員の矜持を盾にする必要もないのである。後は、カワサ理事にすべてを任せて、自分たちは口をつぐんでその事実を墓場まで持っていけば良いと考えていた。

「具体的にはどのように考えているのか教えてください」

主導権はカワサ理事に移り、具体的な答弁内容が示された。この結果が議会での発言となったのである。

カワサ理事にとっても生涯を賭した大博打であり、事が露見すればこれまで積み上げてきた実績が無になるのは勿論、刑事訴追をも視野に入れなければならない決断であった。しかし、カワサ理事には「本件が暴露される危険性は少ない。虚偽答弁と文書改ざんを知っているのはこの場の七個だけであり、書き換えも秘密裏に文案を示し、下位の事務員に因果を含ませ指示すれば改ざんも可であろう」と踏んでいた。

「無理が通れば道理は引っ込む」の例を持ち出すまでもなく、過去においてもこのようなことを遣らせた実績もあり、これまでその事が露見したことはなかったため、ノンキャリアのアリは因果を含めれば言うことを聞くし、一般のアリなどは露見しても騒がないだろうと踏んでいたのである。

さらに、彼の胸中には「これで、これまでキャリアアリとして競り合ってきた連中に恩を売ったことになるしキャリアのレースでも一歩先行したと考えていた。さらに、このことで『主席を守ったアリ』としての実績は揺るぎないものとなり、これを機に目指してきた次官の席も手中に出来る」と踏んでほくそ笑んでいたのである。

一方、主席の答弁もカワサ理事の答弁と合致させる必要があり、その辺りも綿密な調整が行われた。その辺りをリードしたのがマイー補佐官であった。

「それでは私は主席に『主席としては勿論、あなたの奥様も土地売買には関与していない』と強く言っても構わないと助言しておきます」

「そして、本日の経緯は全て、主席と官房長に報告しておきます。カワサ理事、ご苦労ですがよろしくお願いします」

マイー補佐官が感謝に堪えない面持ちでカワサ理事に頭を下げた。

「このことはソアー長官にだけは口外ご無用でお願いします。知ったら知ったで何を言い出すか分かりませんから」

カワサ理事が発した言葉に一同は笑い声をあげて理事室を後にした。

議会答弁に関わる文書改ざんはこうして決まったのである。当然のことながら主席官邸も大きく関わりを持ち決められた事実が、そのあとは下部の事務員へ指令として降りてくるのである。このような悪行を真面目で小心者の多い事務員が単独で行えるわけもなく、全ては上部の意向で決まったことなのである。

マイー補佐官は主席官邸に帰着すると直ぐに官房長官を訪ね、話し合ったことを詳細に伝えたのは言うまでもないことである。話を聞いた官房長官はマイー補佐官を伴ってベアー主席の執務室を訪れ「主席も主席夫人もシホー企画との関わりはないとして、議会で答弁する手はずが整いました」と報告し、話し合いの詳細をマイー補佐官に捕捉させた。

ベアー主席は「そうか、そうか、そうしてくれるか」と小躍りして喜んで二個の手を握った。しかし、帰り際に「分かっているね」と念を押すことは忘れていなかった。「分かっているね」とは、話は聞いたが「我々は何も聞いていない。すべて事務方が画策し実行したものである」ということで、「問題が発生した場合は、絶対に主席に影響を及ぼすことなく、事務方の方で処理するように」というものなのである。この言葉を聞いたマイー補佐官は、一瞬、複雑な思いがよぎったが、何事もなかったような顔をして執務室を離れた。

このような背景があったため、議会でのカワサ理事の答弁は疑惑の一切を否定し、ベアー主席に至っては、余計なことまで発言し窮地を招くことになったのである。

本来、主席を守るために虚偽の証言を平気で行うということは、個々のアリの汚職ではなく統治体制が崩壊していることでもある。事務員は政策立案や施行の実行者ではあるが、政局のメッセンジャーボーイに成り下がってはならない。このようなことが横行すれば、主席を含む議員は保身のために事務員を巻き込み、事務員も論功行賞を期待して悪事に協力することになる。同じことが続けば確実に王国は崩壊していくのである。

十七

中央管理センター財務部のカワサ理事から、東海管理センターのオカタ理事の下に、答弁書に符合させる形にするため、決裁を済ませた文書の書き換えの連絡があったのはそれから直ぐのことであった。

「オカタ理事ですか。ご無沙汰しております。中央管理センターのカワサです。今回は折り入ってお話したい儀がございます。大丈夫だとは存じますがお人払いをお願いします」

「カワサ理事ですか。こちらこそご無沙汰して申し訳ありません。今、理事室には私しかおりません。どのようなお話でしょうか」

「オカタ理事もそちらに出向して三年目になりますね。そろそろ中央へ戻ってくる頃合いかと存じますが心構えは如何でしょうか」

「エッ、異動の打診ですか」

オカタ理事の喜ぶ声が部屋に響いた。彼も中央管理センターに戻りたいアリの一個であった。

「実はその前に済ませてもらいたい案件があるのですが、宜しいでしょうか」

カワサ理事はこのように異動をチラつかせながらオカタ理事に詰め寄っていった。オカタ理事も当初は驚き抵抗していたが、先輩後輩という立場もあり抗しきれずに承諾の返事をしたのである。その心中には「決裁文書が再点検されることはあるまい。ここは、先輩理事の言葉を受けてこの悪行に手を染めるしかない。そうすれば、何らかの見返りが考えられる。異動の話も根拠のないことではないはずだ」との思いがあった。

その直後に、冒頭にある通り、オカタ理事の執務室に五個のアリが集められた訳である。そして「今、議会で国有地売却に関しての遣り取りがなされているが、そのことは承知しておるな」の発言に繋がるのである。

「そのような議論が議会で行われているのは承知しております。私を含めて何個かのアリが関わっている案件でもあり、成り行きは注視しております」

私は、場の雰囲気に堪えられずに最初に言葉を発した。理事も他のアリも無言であった。

「当該案件に関わる議会での遣り取りは、私の記憶とは異なる方向に流れているように感じられます。実際は、ミツミ担当が作成し決裁を受けている文書にあると思っております」

議会でのやり取りはテレビで中継されており、ここに居る全てのアリが「議会における
カワサ理事の答弁は虚偽である」ことは知っていた。しかし、誰もが「あの答弁は嘘である」との言葉を発することには躊躇していた。そのような言葉を発すれば、センターの管理体制はもとより事務員の資質までもが疑われることになる。

「その決裁文書だが、議会であのような答弁があった以上、答弁に合わせて書き換える必要があると思うが、諸君の考えはどうかね」

オカタ理事がねちっこい表現で本論を切り出した。

「エッ、決裁文書の書き換えですか。それは拙いでしょう」

一個のアリが素っ頓狂な声をあげ反対した。国家事務員としての最小限の良心は保ちたいとの思いは感じられた。

「確かに拙い事態ということは理解している。しかし、議会で答弁している以上、文書は書き換えなければ辻褄が合わなくなる」

オカタ理事も冷静さを取り戻し重い口調で言った。

「このことは、中央管理センターも承知しているのですか」

私は、核心を突く質問を放った。心の中では「中央が絡んでいれば、一地方の意向など無視されるであろう」との思いは浮かんでいた。

「その通りだ」

オカタ理事も大きく頷いた。

「ということは、拒否は出来ないということですか。情けないですね」

「決裁を受けた文書を書き換えるなどということは考えたこともなかった。残念だ」

「書き換えがあったとしても、誰も口をつぐんでいれば世間に知られることはないだろう。まあ、一時はマスコミも騒ぐだろうが時間が経てばすべて忘れることになるよ。この国のアリは淡白というより、本質を忘れてその時だけ騒ぐものが多いからね」

などといずれは忘れられる件である。心配には及ばないとの発言もあったが、集まったアリたちの心中は穏やかではなかった。

「それにしても、何故に、あのような虚偽の答弁を繰り返すのですかね」

「それは、主席夫人や議員が絡んでいるからだよ。ベアー主席が議会で『私も私の妻も関わっていれば、主席も議員も辞めますよ』と発言したため、関与が疑われる文書は破棄したいわけだ。しかし、公文書については破棄する訳にもいかず書き換えという手段を選んだんだろうよ」

「書き換えが露見した場合は誰が責任を取るのですか。当然、上層部のアリですよね」

さすがに国家事務員であり、それぞれのアリは今回の疑惑の真髄をとらえていた。しかし、根底にあるのは「誰が責任を負うのか」の一点であった。

「中央が絡んでいるということは、中央管理センターが責任を持つということでよろしいでしょうか」

私は、オカタ理事に念を押した。オカタ理事が黙ってうなずいた。そして、カワサ理事から届いた答弁書と保管してあった決裁文書を机上に置いて席を立った。「後は、お前たちで手分けして、つじつまが合うように書き換えろ」とその背中が語っていた。

五個のアリたちは下を俯いたままで、書類に手を伸ばすアリはいなかった。

「仕方がないが、やるしかないか」

私は、その沈黙に耐え切れずにそう言って書類に手を伸ばした。その時、オカタ理事が再びテーブルに近づき「今、中央から、このような書き換えの見本が届いた」そう言って別の文書をテーブルに広げた。

私は「書き換えの見本まで作ったのか。手の込んだことをするものだ。これ程までに忠誠を尽くさなければならないのか」と思う反面、「中央が作成した文書に書き換えるだけであれば、責任は中央にある。罪の意識は軽減される」と安堵した。私自身、安堵はしたが自ら書き換えに手を染める行為には加担したくないと心に誓っていた。

この思いは五個すべてのアリが思い描いていると見え、自ら書き換えに手をあげるアリはいなかった。

「そもそも、この議案書を書いたのはミツミ担当ですよね。決済紙のサインを見れば分かりますが」

白アリ族出身のネッシー担当が文書に目をやりながら発言した。

「はい、その通りです。本案件は、決裁に至る間、様々な横やりが入りました。そこにも書いてある通り、本来関与するはずのない中央管理センターの担当者までが来所し、シホー企画の代表と面談しております。ベアー主席夫人のイケア氏が関わっているとのことで関与してきたのでしょう。私は、その辺りが許せずに、とは言っても何もすることは出来ませんでしたが、事の経緯を詳細に記述し後世に残すことが、私の使命と考えてそのような文面にしました」

「なるほど、本来は必要なこと、あるいは決まった事項だけを箇条書きにするだけでも良かったのに、その経緯も記載した訳か」

ネッシー担当もミツミの心情が分からないでもないとの面持ちで言葉をつないだ。

「その気持ちが分からないでもないが、これは文書を作ったミツミ担当に書き換えをしてもらうのがベターかもしれないね。申し訳ないが」

同じ白アリ族出身のハシタ主任が言葉を発した。このアリは、私と同様、中央からの出向アリで、担当は技術部門となっているが、キャリアとして期待されているとの噂のあるアリであった。

「エッ、また私ですか。勘弁してくださいよ。この件は思い出しただけでも辟易しますよ。正直なところ、やりたくありません」

ミツミ担当は「この件は忘れたい」との意を込めて申し出を断った。

「答弁書との整合性などは皆で調べるから大丈夫だよ。君、一個に責任を押し付けるようなことはしないよ」

ハシタ主任が懐柔に出た。

「それに、ほれ、このように、中央から書き換えの見本が届いているから大丈夫だよ」

私も、心ならずも、このように発言してしまった。心中では「中央管理センターの連中や、シホー企画のイケゴー代表との席上に同席したことのある私にとっても、この件は関わりたくない案件でもあり、誰かにこの仕事を押し付けたい」との思いがあった。

「中央からの見本だけ書き換えたらどうでしょうか。見れば、『イケア夫人が現地の視察に訪れる』の部分を削除するなど、主席に関係する部分だけを削除する形で統一されているよ」

書類に目を通していた別のアリが、文書を読み切り言葉を挟んできた。国家事務員はこのように文書に目を通して、その文脈を把握することには長けているのである。

「そのままという訳には行かないでしょう。それも加えて、今から、文書の整合性が疑われる部分を調べて付箋を貼ってくれ。書き換えの文面はハシタとミツミで考えるよ」

ハシタ主任は決裁文書数冊を同席しているアリたちに配布してこのように話した。いくら気の進まない仕事でも上役の命に従うのが事務員の務めであり、ミツミ担当もやむなく書き換えに手を染めることになった。

「思ったより多くの箇所に及んでいたね。四百か所もの書き換えは大変だが、ミツミさん、宜しくお願いします。明日以降で構いません。でも、これで東海のオカタ理事も中央のカワサ理事も一安心だろう。まあ、議会の論議もここまでは及んでは来ないだろうし、一般のアリたちも意外に淡白だから追及してくることはないと思う。しかし、言うまでもないことだが、今日の事はマル秘でお願いしますよ。今日はご苦労さんでした」

いつの間にか、ハシタ主任が場を仕切るようになり、会の終了が告げられた。この結果、ミツミ担当が書き換えを実施することになった。

十八

書き換えの密議があった翌日、私の下にミツミ担当が訪れた。

「トオル主任、少し私の話を聞いてもらえませんか」

別室へ入ると直ぐにミツミ担当は堰を切ったように語り始めた。

「ご承知の通り、私は東海管理センターで採用されたノンキャリアです。この年、既に四十五歳になりますが、一生懸命アリ王国のアリたちのために働いてきました。この間、王国のアリたちに後ろ指をさされるようなことは、何一つとして遣ってこなかったとの自負は持っております」

ミツミ担当はここで言葉を切り、私の顔を見た。私も「そうだろうね」との意を込めて大きく頷いた。

「ところが、昨日は、ベアー主席を守るためと称して、事もあろうに決裁文書の改ざんに話が及びました。集まったアリたちは『書き換え』などと称しておりましたが、これは、明らかに『公文書改ざん』に当たります。事の成り行き上、私が改ざん文書を作ることになりましたが、これまで培ってきた国家事務員としての誇りと、実績が踏みにじられたとの思いを持っております」

ミツミ担当の言葉が詰まった。目には涙が浮かんでいた。

私も思わずもらい泣きしそうであったが、こぶしを握り締めて平静を装った。

「まあ、昨日の約束ですから改ざん文書は作りますが、このような気持ちであったことを、せめてあなたにだけは知っていただきたくて参りました。実は、昨夜は一睡も出来なかったのですが、あなたに思いを打ち明けることで気持ちが楽になりました。有難うございます」

そう言ってミツミ担当は、無理に笑顔を作った。私は「その作業を代わって遣ってやるよ」と喉まで出た言葉を飲み込み、「ご苦労さん。あなた一個に責を負わせるようなことはしませんから」との言葉を発してその場を離れた。

そして、後日、その改ざんされた文書が「公文書」として議会に提出されたのである。議会のアリたちは勿論、一般のアリたちも「おかしい」「変だな」とは感じつつも「議会に提出された文書だから」との思いで、その文書を信じざるを得ない状況になっていたのである。当然、その背景には「公文書が改ざんされる訳がない。従って当該文書は正式文書である」との思いがあったのは事実であった。

穿った見方をすれば、これまでも同様な手口での改ざんはあったのかもしれない。それでなければ小心者の集団であるキャリアアリが、危険を冒してまで不正に手を染めることは考えられないのである。そのような事実を噂や仲間内の会合などで見聞きしていたからこそ「先輩アリもやっていたことだ。自分がやっても構わないのではないか」との思いがあったとも考えられる。

主席官邸や議員アリたちは、世間一般のアリたちの動向には殆ど顔を向けていなかった。何故なら、これまで噴出した不祥事に対し「善処する」あるいは「徹底的に膿を出し、正常化を図る」などと答弁しその場を取り繕い、時間が来れば全てなかったことにしてきた実績が、そのような間違った自信に繋がっていたからである。

ベアー主席の自信は、先に判明した年金問題に端を発していた。当時の議会答弁では「問題になっている方々の年金に関しては、最後の一人まで徹底的に調べることをお約束します」などと言っておきながら、その実績は、数年を経過した今でも、判明したアリの数は関係者の半数にも届かない体たらくであった。それにもかかわらず、政権支持率は落ちることはなく推移し、由自党内からは勿論、野党からもその責任を追及されることがなかった。その為「この国のアリの性格は淡白そのもので、大きな課題も時間を掛けておけば忘れてくれる」との思いで固まっていたのである。そのような背景もあり、先の答弁「私や、私の妻が関わりを持っているということであれば、私は主席は勿論議員も辞めますよ」の強気な発言に繋がったのである。

しかし、一般アリの思いはベアー主席並びにその取り巻き連中が考えている以上に、ベアー主席政権の暗部を感じ取りその危うさを憂いていた。カワサ理事やイケゴー代表の議会での証言はライブで放映され、下手な番組よりはるかに高い視聴率を占め、その関心の高さが数値となって現れていた。その席上で「知らぬ、存ぜぬ、資料はない、ただ主席の関与だけはなかった」などと証言したカワサ理事が、その論功行賞ともいうべき形で次官に上り詰め、シホー企業のイケゴー代表は補助金を巡る詐欺容疑で逮捕され、一年以上も拘束されている事実が詳らかになった経緯を見て、大きな不正が渦巻いていることを疑うようになっていた。

さすがにマスコミも、議会におけるカワサ理事の答弁には「つじつまの合わない点がある」として、機会があるたびに質問を繰り返したが、彼はのらりくらりと回答をはぐらかし、質問に正面から答えることはなかった。そして、次第にマスコミの追及を避けるようになり、次官就任の記者会見すら開くことなくだんまりを決め込んでいた。

これに対し野党議員やマスコミからは「恒例の記者会見すら開かず、世間のアリたちが持っている疑問に答えようともしない。これでは、政府に都合の良い議会答弁を行った論功行賞として次官への昇任を得たものだ」などと批判を繰り返したが、ベアー主席もソアー長官も「適材適所」とカワサ次官を擁護するばかりであった。

決裁文書改ざんが、議会答弁との整合性を取る形で行われた後は、ベアー主席やその取り巻き連の思惑通り沈静しかけたが、あるマスコミが「議会に提出された文書は改ざんされた可能性がある」と公表したのを切っ掛けとして、再び燃え上がることになった。そこに至るまでには以下のような経緯があった。

シホー企画を巡る遣り取りは、その後も議会でくすぶり続けたが、決定的な事実が出ないまま時間だけが行きすぎ、途中で行われた議員改選の推薦行為にも影響を及ぼすことはなかった。ベアー主席政権にうさん臭さを感じつつも、あろうことか、多くのアリがベアー主席の政権を支持したのである。

その要因は、ベアー主席の所属する由自党内の勢力地図の固定化にあった。ベアー主席を主席に押す勢力が、「反ベアー主席」の勢力を上回るというよりも、「反ベアー主席」を口に出すことすら憚れるほどの勢いとなって党内を支配していた。このような状況を「ベアー主席一強政権」とマスコミは騒ぎ立てたが、彼らの意識の中ではマスコミの騒ぎなど一過性の現象と捉え、意に介することはなかった。

むしろ、別のマスコミを煽り立て反論を載せさせたり「この報道機関は信用出来ない。記事そのものがフェイクニュースである」などと別のキャンペーンを張ったりもしていた。中には、「改ざん文書をマスコミに提供したアリの名前を公表しろ」などと報道そのものが「悪」であるかの如く騒ぎ立て「出てくることが出来ないということはフェイクの証拠である」などと書き立てた。世の中には、政権を支持するアリもおり、フェイクでなければ何を報道しても咎められることはないが、政権の御用新聞に陥ってしまえば、マスコミとしての使命は終わったと言っても過言ではない。

十九

実は、マスコミに文書改ざんの情報を提供したのは私である。アリ王国の為、四十五歳のこれまで一途に事務員として尽くしてきたミツミ担当が苦悩している姿を目の当たりにし、私の心は千々に乱れていた。あの翌日、一睡も出来なかったとその苦悩を打ち明けに来たミツミに対し、「あなた一個に責を負わすことはしませんから」と発した言葉が次第に重く心にのしかかってきた。そして次のように考えるようになった。

「あのようなことを言ってしまったが、ミツミに代わって自分には何が出来るのだろう。そうだ、書き換えの手伝いは出来るかもしれない」

「書き換えを手伝ったとして何になるのだ。ただの手伝いだけでは、ミツミの苦悩を和らげる根本的な解決にはならない」

「書き換えの手伝い以外にやれることはあるのか。今は思いつかない」

「ミツミは明らかに職責に反する行為を遣ろうとしている。それを知っていながら己には何も出来ないのか。卑怯ではないか」

「その通り、自分のこれまでの行為は卑怯そのものである。己に正直に生きることとは何だろうか」

「今の私に出来ることは、この事実を公表することだ。やれることとして考えられるのは文書書き換えの事実を世間に公表することだ」

「仮に『文書は書き換えられたものだ』と世間に公表した場合、センター内では必死になって密告者探しに奔走するであろう。その時、自分はどのようにふるまえばよいのだろうか」

「文書書き換えを公表するようなことをすれば、書き換えの密約の場に立ち会った五個のアリの存在は知られるようになるであろう。さすれば、確実に自分の存在は明らかになるであろう。立場上、自分に疑いのかかることは確実である」

「例え事実を拒否したとしても疑いの目で見られることは必定である。上司や政権側からは疎まれれば安定した生活が出来る保証もなくなる。だとすれば、己はどのように生きればよいのだ」

「例え、文書は書き換えられたものだと公表しても、政権側からの圧力でなかったことにされてしまう恐れはないのか」

「その恐れは十分に考えられる。現に、ベアー主席政権の下では、何か事件が発生すれば、まずは①『隠蔽』が図られる。そして②『後日証拠を突きつけられても白を切る』行為に出る。これがまた巧みなのである。その後を追うように③『御用マスコミを通じて別の情報を拡散する』など世間の目を別の方向に向けさせるのは天才的に上手である。そして④『政権側からの確たる証拠を示さないまま、マスコミあるいは一般アリたちの疲れを待つ』この手法でこれまでは政権の命脈を保ってきた。今回もこの手法は必ず使ってくるであろう。そして⑤『いつの間にかその事件はないことにしてしまう』手法は必ず取ってくるであろう。そして怖いのは⑥『ほとぼりが冷めた頃報復の動きを活発化させ、関係者がいつの間にか他の部署に転任させられたり、職を放棄せざるを得ない困難を課しそのアリの抹殺を図る』という手法である。その結果⑦『そしてそのアリはいつの間にか消えてしまう』などが当たり前のようになされてきている。今回も例外ではないだろう」

「文書書き換えの事実を公表すれば、自分の国家事務員としての立場は失われるであろう。問題はその後の生活基盤をどうするかだ」

「国家事務員を辞めたとしても、特別な資格や技能があるわけではなく路頭に迷うことは必須である。そうなったら、家族の生活はどうなる。そんなことで妻や子供たちに迷惑をかける訳にはいかない」

「だからと言ってこのままで良いのか。恥ずかしくないのか」

「何に対して恥ずかしいのだ。王国に対してか。世間に対してか。世間に知られなければこのような悩みも生じない。ここは、黙って白を切ろう」

「いや、待て、自分に対して恥ずかしくないのか」

「このように迷うことすら恥ずかしい。真相を暴露しなければならないとは思っている」

「これまでの自分だったら、このことには口をつぐみ、墓場まで持っていって終わりにしたであろう、そうすれば、世間のアリたちも真実は知らずに、そのうち忘れ去り、政権も安定するであろうし、自分も安泰である。しかし、……」

色々な思いが頭を駆け巡ったが、「私は私の気持ちに正直に生きたい」と決意した。私の気持ちに正直にとは「恥ずかしくない生き方をしよう」という決意である。

しかし、その反面、真実は暴露するが己には反動が及ばない方策は何か、などという姑息な方法を用いての告白とした。

「東海管理センターで作成された決裁文書は、先般、開催されていた議会に提出されている。議会では、公文書の開示ということで信頼に足る文書であると思われている。本当に信頼に足る文書なのか確認した方が良いと思う。確認の手立てとしては、建設部や教育部など関係機関に、決裁が下りた時点で配布されているはずだ。その機関に問い合わせれば『書き換え』前の文書が出てくる可能性がある」

私は、匿名ということで知り合いの記者に情報を流した。

「いま、何と言いました。書き換えと言いましたよね」

担当の記者はすぐに飛びついてきた。

「小耳にはさんだ程度の情報ですから確証はありません」

私は、国家事務員としての後ろめたさもあり、その辺りはうやむやに答えた。

「そうでしょうね。先般の議会で、議会に提出された文書が、あまりにも議会答弁と合致した文書だったので、気にはなっていたのですよ。建設部や教育部へはどのようにアプローチすればよろしいでしょうかね」

「ここから先はあなた方の仕事ですよ」

私は笑って答えた。記者の方も心得たもので「それはそうですね」と笑って答えてきた。

「ところで、管財部の文書が直接関係のない建設部や教育部にまで送られているのですか。国家事務員としての文書管理というのはどこにでも出してよいものなのでしょうか」

記者にとっては素朴な疑問であった。

「建設部は土地売買の査定の折に関係者に来てもらって助言を頂いておりますし、教育部はスポーツ施設関連の許認可の権限を有しております。シホー企画の計画に対する助言や考え方なども問い合わせております。従って、当該案件が終了した折りにはその決済文を送り、経緯を示すようになっております」

私は、国家事務員の慎重な事務処理について話をした。

「なるほど、ということは、言われるように文書が書き換えられるなどという場合は、自分の部署だけではなく当該文書を送付した部署のものまで書き換えなければ万全とは言えないわけですね。書き換え前の文書は他の部署の場合は、書き換えがなされずに元の文書として残っている。という訳ですね」

記者の呑み込みは早かった。

「大丈夫ですよ。ネタ元は明かしませんから。私が、東海管理センターとは関係のない部署の文書を見た時点で発見したことにしますから」

そう言って記者は電話を切った。

記者の発した「ネタ元は明かしませんから」の言葉に、私な恥ずかしながらほっとしていた。

それから暫くして、その記者のスクープとして記事が掲載されたのである。

書き換え前の文書には、カワサ理事が議会で「ベアー主席夫人のイケア氏の関与はなかった」「シホー企画側との事前協議に中央管理センターが関わったことはない」「事前協議がなかったということは、売却額の交渉はなかった」「シホー企画との打ち合わせはしたが当時の資料はすべて破棄した」などと発言した内容が、すべて虚偽であったことが明るみになったのである。

二十

当然のことながら、野党勢力はもとより由自党内の反ベアー主席の議員までもが、事の真意を探るべく東海管理センターへの問い合わせが行われた。東海管理センターの責任者であるオカタ理事は「書き換えについてはその経緯を含めて東海管理センターが関わったことはない。調査をするので待ってほしい」などと時間稼ぎを行い、当時書き換えを主導した中央管理センターのカワサ次官に「何とかしてください」と懇願する報を打っていた。

しかし、それに対する回答がないまま時間だけが経過していった。カワサ次官とて手の打ちようがなかったのである。虚偽答弁の論功行賞として次官の椅子を手中にし、同期の出世頭として君臨はしていたが、世間からの風当たりは強く「次官を辞めろ」との声も出る始末であった。次官就任の記者会見が通常は行われることになっていたが、「記者会見をすれば議会答弁の顛末について質問を受ける恐れがある」との判断の下、記者会見すら回避していた不誠実な対応が非難の的になっていた。

一方、議会でも書き換えの件が取り上げられ、野党は書き換えに至る議員の関与やベアー主席夫人の関与についての質問が集中した。それに対して、ベアー主席は「書き換えられた文書が出てきたことは誠に遺憾なことであり、真相究明の徹底を図り議会で報告する」などとうそぶき、野党議員の質問に直接答えることはなく、事務員の一般業務の改善を口にしてのらりくらりとその追及をかわし続けた。

前述したごとくベアー主席や官房長官は、一般のアリたちをなめきっており「時間が経てば追及の手も弱まってくる。それまでは言質を取られないよう過去の答弁との整合性を図りながら答え続けろ」と示し合わせて議会対応に当たっていた。

ある日、ベアー主席はいつもの料亭で複数の議員との会合を行っていた。行政を担当する国家省から同席を許されたのは主席以外では、ソアー長官と官房長官そして書き換えを主導したマイー補佐官であった。参集した議員は各地区の実力者や主席経験者など、由自党の顧問を務める言わば陰の実力者と呼ばれる議員たちであった。

「ベアー主席、あの文書改ざん事件は何ですか。このままでは民心は離れていきますよ。それに、ファンドも黙ってはいませんよ」

古老の議員アリが口火を切った。

「そろそろマスコミも疲れ果てて、追及の手を緩めてくると踏んでいましたが、今回だけはしつこいですね」

官房長官が、古老議員をなだめるように小さな声で苦しい胸の内を語った。

「問題の土地を不当に安価で払い下げたことが原因だが、ベアー主席の夫人が関わったということで問題が大きくなっている。何か収拾に向けた手立てはあるのか」

再び古老議員が声を発してきた。

「今のところは沈静化を待っている状況ですが、今更、『私の妻が関わっておりました』などと口が裂けても言えることではない。マスコミがこれほどまでにしつこいのは想定外でした。このことで、先輩諸兄にご迷惑をおかけして申し訳なく思っております」

ベアー主席が沈痛な面持ちで頭を下げた。ベアー主席と言えども過去において世話になった古老議員の機嫌を損ねる訳にはいかないのである。

「まあ、我らは同じ国のアリとして我慢はしなければならないと思っているが、この件が報道されるようになった時点から海外のファンドがうるさく言ってくるようになったよ」

「特に、大東洋を挟んだ対岸のベイ国のランプ大統領は『ベアー主席は大丈夫なのか。クビになったら大損だよ』などと心配しているよ。ベアーノミクスが崩れたら我らの儲けは霧散するが、彼らの資金も大打撃を食らうことになるからね」

ベアー主席は就任以来ベアーノミクスなる経済政策を実施し、国内外からの評価を得ていた。それは、大企業と呼ばれる会社にとっては恩恵のある政策ではあったが、アリ王国の大半を占める中小企業にとってはメリットの薄い政策であった。

しかし、「国策だから大丈夫ですよ」との掛け声の下、組合に代わって賃上げを経営者側に求め、大衆アリの矛先をかわすなどの奇策が功を奏し、経済分野が活性化し始めた。そうなると、政権の中枢にいるアリたちは、先を争って秘密結社「国際ファンド」に投資し儲けを確保し、表に出ない「裏金」として蓄財に励んでいた。

この「国債ファンド」と呼ばれる組織は表には出てくることは少ないが世界の裏舞台で暗躍し、国内外の政策にまで影響を及ぼしている秘密結社であった。アリ王国でも過去において、「戦時中の隠し財産が原質となっている基金だ」などとして話題になった「M資金」として表に出たこともあるが、通常は政権や経済界の中枢に住むアリにしかその存在は明らかになってこなかった。少し前になるが、王国内の株式を派手に買い集め、企業の買収や併合に動くファンドが話題になったことがあった。彼らは「ハゲタカファンド」などと揶揄されたが、しっかりと儲けを収め陰の世界に隠れてしまったことがあった。これが一度だけではあるが「国際ファンド」が表に出た事件として知られている。裏金による蓄財を望むアリたちは、当然のことながらこのファンドに群がり陰の蓄財に励んでいた。

当然、国内外の有力者が集う組織であり、ベイ国のランプ大統領やエネルギーを算出する国の国王なども会員として登録されている。保有する莫大な資金を元に世界の政局を動かすこともあるが、一般のアリたちには及びもつかない陰の世界として存在しているのである。資金を出せるアリたちが会員として登録するのであるから、反社会的団体と言えども登録は可能で、その実態は謎に包まれていると言っても過言ではない団体なのである。

そのファンドから、これまで好調だったベアーノミクスとベアー主席の政権に疑問符が付いたのである。関係者がうろたえるのは当然のことであった。

「ベアーノミクスは、今、経済界が後押ししてくれているから何とか持ちそうだが、シホー企画の土地売買については予断を許さない状況にある。ここは、何らかの手を打たない限り政権が危うくなる。政権が危うくなるということは、このファンドにも大きな影響が出るということだ」

官房長官がベアー主席の方に目を投げかけながら言った。長官の心の中には「この問題はベアー主席が震源となっている案件で、政局にまで波及されたのではたまったものではない」との意識があり、「あなたが何とかしなさいよ」との気持ちが表れていた。

その気配を察知したマイー補佐官が「あの事件はある市議が売却額を公表しろと提訴したことで表ざたになった。その名誉館長にイケア夫人の名が書かれていると報じられたため、我々補佐官のはじめ官房長官までもが『主席も夫人も本件には関わってはいないがこのような話になって申し訳ない』と言うように進言をしたのは事実です。しかし、ベアー主席は強気な性格の方ですから、その進言に耳を貸すことなく『私も妻も関わっていない。もし関わっていたということであれば主席も議員も辞める』の発言に繋がっているのです」と、これまでの経緯を説明した。

「そのような経緯があったことは分かった。我々が想定していた通りだ。ということは世間一般のアリたちも同等な捉え方をしていることは明らかだ。しかし、今更『実は……』などとは口が裂けても言えない。この落としどころは、誰かが犠牲になるしか手はあるまい」

長老アリが場を纏めるように呟いた。他のアリたちも沈黙したままであった。

「今、野党は書き換えを主導したカワサ次官の証人喚問を要求している。カワサには気の毒だがその責を取ってもらわなければならない。引導は私が渡しますよ」

ソアー長官が口をへの字に曲げながら、長老議員の太鼓持ちを演じた。このアリは役職が下のアリには高圧的な振る舞いが多いが、目上のアリや長老アリたちには論《あげつら》う傾向が強く、世間の顰蹙《ひんしゅく》を買っていることは前述した通りである。

「カワサ次官一個で済めばそれに越したことはない。事がここまで炎上した以上、別の解決策も考えておかなければなるまい。そして、ランプ大統領など海外のファンドメンバーに安心感を与えておく必要がある」

これまで沈黙していた長老アリが口を聞いた。

「ということは、さらに別の犠牲者を出さないと纏まらないということですか」

ソアー長官が首と口を曲げながらそのアリの方を見た。

「漫画の世界では、誰かの秘書を犠牲者に仕立て上げ『彼がキーパーソンだった。彼が亡くなった今、真相究明は難しくなった』などと言って、幕引きを図る構図もありますが、どうしますかね。ヘッヘッヘ」

と、ソアー長官が笑いを誘いつつ自らも笑って見せたが、場に集まった一同は沈黙するばかりであった。

「ベイ国だけでもランプを始め、数万人の会員のいるファンドだ。わが国では我々限られたアリにしか門戸は開いてはいないが、世界中では著名なセレブや政治家が会員として登録されている。今、ファンドが取り組んでいるのはベアーノミクスに便乗した儲け話であるが、まだ成果が出て儲けが出ているとは言い難い。このような時期に、ベアー主席が転んでみろ。莫大な損失をファンドに与えることになる。そうなったら我々もタダでは済まない」

先ほどの古老議員アリが再び口を開いた。

「どうしてもファンドに顔向けが出来る結末を持っていかなければならない。その為には『今後はこのようにします』ではなく、『このように決着をつけましたので、今回はこれで勘弁してください』と頼み込むしかあるまい」

「当然のことながら、我々がこれまで稼いできた儲けはすべて吐き出し、ファンドの穴埋めにしてもらうしか手立てはあるまい」

「ベアー主席の政権下で甘い汁を吸ってきた付けが回ってきたということか。まあ、私はそこそこの儲けでしたから損失は少なくて済みますが、ソアー長官はかなりの痛手になるのではありませんかな」

一個の議員アリがソアー長官をからかうように声を発した。

「まあ、儲けを吐き出すのは仕方がありませんが財務部長官の席だけはどんなことがあっても死守しますよ。別の意味で、私が長官を辞任するということは、ベアー主席の政権が持たないということでもありますからね」

ソアー長官がベアー主席の方に目を泳がせながら同意を促す発言を行った。

「ベアノミクスがここまで実績をあげられたのは、ソアー長官があってこその成果だと思っております。これまで通り、野党の質問をはぐらかしマスコミには別な情報をまき散らして視点を変えさせる手で行くしかありません。その内沈静化しますよ。この国はそのような国なのですから」

ベアー主席がこの時ばかりは滑舌よく言葉を発した。しかし会合の場では沈黙が続いていた。誰もがベアー主席の言うように簡単に事が解決するとは考えてはいなかったからである。

「ベアーさん。野党はあなたの奥方を証人として議会へ呼ぶ必要があると息巻いておりますが、大丈夫ですか」

「そのようなことがないようにソアー長官や官房長官に頑張ってもらっております」

「そもそも、シホー企画の計画に乗ったのはどちらが先なのですか。我々にだけでも話してもらえませんか」

ベアー主席の顔色が変わった。しかし、要求があった以上応えざるを得なかった。

「家内は何にでも口を挟む性格であり、これまでも様々な団体の役員を引き受けております。軽率なことは控えるように口酸っぱく言い続けているのですが聞いてもらえません。でも、今回に件については反省している様子です」

「ということは、口利きの事実はあったということでしょうか。また、祝い金として百万両寄付をしたというのも事実ですか」

「まあ、皆さんの前ですから正直に申し上げますが、シホー企画の理事長夫人と懇意になり、秘書を通じて関係部署へ働きかけをしたのは事実のようです。また、百万両の件についても、私ですら後で知って驚いているところです。しかし、今更『実は……』などとは口が裂けても言えませんので皆さんに頑張ってもらっております」

「ということは、決定的な何かを起こさないとマスコミの目はこの事件から離れませんな」

この議員アリは言葉を発する前に「ということは」なる言葉をつける長老アリでもあった。

「それにしても、カワサ次官の議会への喚問と辞任はやむを得ないこととして受け入れられますが、もう一個の犠牲者まで必要でしょうかね」

「過去の経験則から言えば、関係者の中から犠牲者が出れば、そこで公安などの捜査はおしまいとなり、幕引きが行われるというのは常識ですね」

「ターゲットとしては誰を想定しておりますか」

「特定アリの名前を出すのは憚られるが、実際に書き換えに携わったアリが妥当なところだろうね」

「ですが、どのようにして殺るのですか。我々には考えられない」

「その辺りは『蛇の道は蛇』でお詳しい方も居られると思いますが」

古老議員アリがにやりと笑いながら言った。しかし会談の場は沈黙が支配していた。

そして、突然、声が上がった。

「私が、知り合いの団体に相談してみましょう。ターゲットは国家事務員の誰かでよろしいですね」

会談の場が凍り付いた。このアリは国粋主義的な発言を弄する議員で、陰では反社会的団体との結びつきが噂されているアリでもあった。

「そのように願えれば、私も妻も一安心というところです。これで、来月、ベイ国を正式訪問する予定ですが、ランプ大統領とお会いした時に攻められずに済みますからね」

ベアー主席の発言に会議の場は白けたが、誰言うともなく会合は終了となった。

二十一

文書の書き換えを指名されたミツミ担当の下に、不可思議な連絡が入るようになったのは文書改ざんが報道されてから少し経った頃からであった。

「文書の書き換えを行ったのはお前だろう」

当初はこのような嫌がらせに近い連絡であった。ミツミ自身、文書改ざんの報が流れた時から「いずれは書き換えの事実は公表せざるを得ない」との考えを持っていたが、私を含めてセンター内の事務員アリに相談することはなかった。心の内には「文書書き換えを担当したのは自分だが、それは、事前に行われた会議の席上で押し付けられたものであり、自分から率先して行ったことではない」との思いがあった。その為、このような連絡についても過激に反応することはなかった。

また、当時の世論も「国家事務員たるものが公文書を書き換えるなどということがあってはならない。さらに、文書書き換えなどという愚行は、一地方の事務官が忖度で対応出来る水準をはるかに超えている。背後に、何らかの政治的圧力があったことは明らかである」として、当時の担当部署であった東海管理センターへの同情論すら飛び出す勢いであった。

マスコミは元より一般のアリにまでもが「文書書き換えは遣らされた可能性が高い。必ず、この背後には強大な権力が控えており、そこの誰かがベアー主席への忖度を込めた行動に出たのではないか」との論評が大勢を占めていた。「忖度」なる言葉がにわかにマスコミを賑わし、一つの流行語にまでなっていた。

書き換えられたという記録の前後を比べて見ると、数字上のミスや事実誤認の訂正だけではなく、ベアー主席夫人の名が削除されていたり、議員秘書の関与などの削除部分が異常に多く、担当者単独ではなしえないことが明らかであった。

カワサ理事が議会で答弁した内容に合わせて書き換えられた疑いもあり、カワサ理事が関係しているのではないかとの推測も流れ始めていた。そもそも、「答弁書というものは、何人かの事務員が質問に対応する形に調整し、上司の決裁を受けない限り作成は出来ない」代物である。国家事務員の仕事を理解しているアリたちはこのことを知っていたし、書き換えられたという文書に対しても「記録上は東海管理センターの中で決裁した文書となっているが、中央管理センターに相談したことは明らかである。むしろ、文案は中央管理センターで記載し、東海管理センターに指示して改ざんしたと考えるのが妥当である」との見解が主流であった。

意味不明の連絡はその後も続いたがミツミ自身の開き直りもあり、それに対する反論すら馬鹿らしくなって無視を決め込んでいた。

暫くして、クチヤマと名乗るアリから電話が来るようになった。

「もしもし、私は兵隊アリ族出身のクチヤマと申します。私の組織で調べたところ、今、議会で話題になっている文書書き換えはあなたが担当したということですが、このことは誠ですか」

「そのような質問にはお答え出来ません。これは、上司からの命でもあります」

「お前の上司はオカタ理事だろう。理事に聞いたところお前の名が出てきたんだよ。何でも、『上司に断りもなく書き換えを単独でやってしまい困っている』とのことだったよ」

「そんな……」

ミツミは言葉を失った。まさか、センターの責任者たるアリが、外部のアリに対し職員の名を公表するばかりではなく、命令に反する行為を遣ったなどと、よく言えたものだと不信感で頭がいっぱいになった。

「黙っているということはお前がやったんだな。その内街宣車を回してお前を糾弾するぞ。待っていろ」

クチヤマはそう言って電話を切った。

私は当時、海外出張で東海管理センターを留守にしていた。海外に住むアリでこの王国で働く希望を持つアリに対し、どのような手立てが講じられるかを協議するため別の王国に出かけていた。その為、ミツミの悩みに応えてやることが出来なかった。

ミツミは、クチヤマが差し向けるという街宣車の件を当日の会合に出席していたネッシー担当やハシタ主任などに話をしたが「街宣車を一般の事務員宅へ差し向けるなどということが出来るわけがないよ」「何を心配しているんだ。そのようなことがあれば我々も黙っていないから」などと軽くいなされた。

しかし、クチヤマの言ったことは現実となり、早朝から街宣車がミツミの自宅前に乗り付け大きな声で文書書き換えの糾弾を始めた。

「国家事務員東海管理センター所属であるミツミ担当に告ぐ。貴殿が犯した行為は国家事務員規定第三十五条に反するばかりでなく、公文書偽造にも該当する悍《おぞ》ましい行為である。我々『国防皇帝団』は、当該行為を糾弾すべく、遠く西域管理センター管轄の地から駆け付けたものである」

街宣車のボディーには真っ赤に染められた拳の絵が描かれ、その上に「政治団体国防皇帝軍」なる団体名が書かれていた。街宣の内容も、当初は法令違反などに関わるものであったが、次第にミツミ担当の生い立ちや子供のことにまで及ぶようになった。

子供たちは街宣車自体にも驚いていたが、自分の父親が大声で脅かされるのを見て震え上がっていた。そして、

「お嬢ちゃんお帰りなさい。今日の学校は楽しかったですか。良かったですね。でもね、君の父さんは悪いことをしたんだよ」

などと、その矛先は子供たちにまで向けるようになってきた。

その為、子供たちは外出はもとより学校への登校すら出来ない精神状態に追い詰められていた。ミツミはやむを得ず子供たちだけでも街宣車の害から逃れさせるため、親せきの家に避難させざるを得ない状況になってきた。

何度も「公安」へも駆け込み、街宣の中止を促すよう依頼したが「街宣活動自体を止めるわけにはいかない。目に余るようでしたらパトロールで対応します」などと、まったく力にならなかった。

あれほど、ミツミに責を押し付け、「自分たちも共に戦う」などと言ってミツミを励ましていたネッシーやハシタまでもが、後難を恐れてミツミの下に近寄らなくなった。

ミツミは思い余った末、上司であるオカタ理事の下に駆け込んだ。

「理事、助けてくださいよ。お聞き及びのこととは存じますが、我が家に街宣車が乗り付け、大きな声で恫喝するばかりではなく、子供たちまでへも悪口雑言を流しております。我が家は家庭崩壊寸前ですよ」

ミツミが声を振り絞って訴える言葉を受けたオカタ理事は、ミツミを一瞥すると冷たく言い放った。

「それは自業自得ではないのかね。現に、書き換えに直接手を下したのは他ならない君だからね」

「自業自得とはどういうことですか。私は、皆さんに頼まれたから書き換えを遣ったのであって、自らの意志でやったことではありませんよ」

ミツミの大きな声が理事室に響き渡ったが、オカタ理事は意に介する風もなくミツミの退室を求めた。ミツミは力なく引き下がらざるを得なかった。

ミツミの家は、三代にわたり東海管理センターの事務員として勤めあげてきた家系であり、地域からの信頼は高いものがあった。しかし、街宣車はミツミ家のプライベートなことまでを調べ上げ、尾ひれをつけて暴露したのである。

さすがにミツミも黙ってやり過ごす訳にも行かなくなり、ネッシー担当やハシタ主任などに相談を持ち掛けたが、相談に乗れば同類として糾弾される恐れがあり、見て見ぬふりをするようになった。

「騙された。俺は馬鹿だった」

ミツミは力なく呟き、センターを後にしたが、その目はうつろで歩みも力のないものであった。

アリ族の中には古来からの体質として「蟻酸」を体内で発生出来る種族がいた。遠い昔、戦いの折にこの蟻酸をおしりから発射して敵を倒す武器として用いられていた。進化した今では蟻酸を体内に発生する機能はもとより、発射する機能などは退化してなくなっていたが、極端なストレスがあった場合には体内にこの蟻酸を生むＤＮＡを持つアリも存在した。

不幸なことにミツミはこのような体質を受け継いでおり、街宣車によるストレスを受け続けることにより、体内に蟻酸が生まれてくるようになった。

蟻酸は敵を倒すことが出来る代わりに、己自身をも傷つける毒素でもあった。体調を崩したミツミは東海管理センターでの勤務を休むようになり、医師に処方された解毒剤で治療に当たったが、日ごとにその体力は落ちていくとともに思考回路にも異常が発生するようになってきた。

ミツミの死が私の下に知らされたのは、ミツミが命を絶った翌日のことであった。

「トオル主任、ネッシー担当です。本日は残念なお知らせをしなければなりません。実は、昨日、ミツミ担当が自ら命を絶たれました」

「えっ、ミツミ担当が。絶たれたということは自殺したということ。自殺の理由は何ですか。まさか、例の文書書き換えの件ではないだろうね」

私が立て続けに質問を浴びせた。

「多分そうだと思います。遺書に『国家事務員として恥ずかしいことに手を染めた』などという文面があったそうです」

「でも、何故、彼だけなのだ。中央管理センターからの『書き換え見本』を基に、我々で書き換えの原稿を起こしたではないか」

「その通りです。しかし、オカタ理事やハシタ主任は書き換えの指示を認めず、全てミツミ担当が独断で遣ったこととして報告しております」

時差の関係で早朝にたたき起こされた電話であったが、私の怒りは頂点に達していた。

国家事務員の性《さが》として、事件や事故が発生した場合、上司に影響を及ぼすような結果をもたらすアリは「無能」との烙印が押される。反対に上司の責任を上手にはぐらかし、己自身も身の保身を図るのが有能なアリと言われている。さらに言えば責任逃れのために悪知恵を働かせるのが有能な部下であり、ＴＶのセリフではないが「越後屋、お主も悪よのう」と言わせしめれば出世は間違いないものとなる。

地方採用のノンキャリアで、出世などは疾の昔に諦めていたミツミにとって、今回の文書書き換え事件は「国家事務員としての矜持にもとる」との意識があったものと考えられる。その証に、書き換えを指示された翌日「昨夜は一睡も出来ませんでした」と、私に言いに来たのだ。

「ミツミ担当、君が苦しんでいるとき傍に居てやれずに済まなかった。このままでは済まされない。いつか仇を取ってやるからな」

「君の死を無駄にはしない」と私は密かに決意していた。

振り返ってみれば、シホー企画の事業拡大に絡む土地の売買で、シホー企画代表のイケゴーがベアー主席夫人に取り入り、信じられない値引きが行われたのが引き金である。そのことが露見しそうになると事務員を総動員して事の隠蔽に走り、沈静化を図ったが次々に事実が判明し「国家に損害を与えた」として糾弾されるようになった。ベアー主席を取り巻く議員やキャリアアリたちが、嘘にうその上塗りをしてまで隠蔽を図ったそのしわ寄せが、一地方とはいえ一個の事務員アリの命まで奪うことになったのである。

「自ら命を絶つという犠牲者を出してまでお前たちはベアー主席を守りたいのか。国家事務員として実直に勤め上げているアリたちをどのように思っているのだ。それほどお前たちは偉いと思っているのか」

私も当初はこのような怒りを持って事の成り行きを顧みていたが、ベアー主席を取り巻くアリたち以外に、他から、あるいは海外から、大きな力が働いているのではないかと考えるようになった。

何故かと言えば、わが王国では一個の命が失われるようなことにでもなれば、その要因などを徹底的に究明する文化が残っており、海外にある他国のように命が軽く扱われることはなかったからである。一個の事務員の命を奪ってまで保身に走る文化がなかったことに加え、不正を隠蔽する体質すらなかったことでもある。ベアー主席の政権になって以来、一個のアリの命など一瞥だにしない体質が垣間見えた為、何か、海外からの力が及んでいるのではないかとの考えを持つようになってきた。

その為、調査の出来る範囲で影響を及ぼすと考えられる外部団体、あるいは海外組織などを調べたが、その周辺までは辿り着くが、そこから先の組織体の仕組みや動向は闇に包まれたままであった。ノンキャリアの国家事務員が辿り着くことが出来たのはここまでであった。公安ですら手に余る「国際ファンド」なる秘密結社の入口にすら辿り着くことは出来なかった。

二十二

ミツミの死が報じられると、いかに鉄面皮のカワサ次官と言えども辞意を表明せざるを得なくなり、渋々ではあるが辞表を提出するためソアー長官の下を訪れた。

「私が書き換えを指示し、それを実行した事務員が自ら命を絶ちました。私がこれ以上次官の席に留まっていれば、政権に対する大きな打撃となることは必定です。その辺りを慮って本日、次官の職を辞するとの『辞職願』を提出に参りました」

議会答弁を評価され、論功行賞として次官にまで上り詰め、順風満帆に思えたカワサ次官にとってはまさかの出来事であった。例え、自分が主導した書き換え作業ではあっても、ノンキャリアとは言え同じ国家事務員のアリが自殺をするなどとは考えてもみなかった。

さらに、「部下をここまで追い込んでいたのか」と深く反省することよりも先に、「自分が次官を辞めることによってベアー主席をはじめとする現政権が守られ、自分は政権を守ったアリとして称えられるであろう」との思いがこのような行動となって表れたのである。

「よし分かった。辞表は受理しよう。しかし、このままではマスコミは抑えらない。それは分かっているだろう。だから、お前が議会に出て証言するしか手立てはない」

ソアー長官がふんぞり返って辞表を受理し、口をひん曲げてカワサ次官に引導を渡した。

「辞表を提出する段階でそのことは覚悟しておりました」

「それで、議会ではどのように回答するつもりなんだ」

ソアー長官が探りを入れてきた。

「まさか、『これまでの証言は偽りでした。実は……』などとは口が裂けても言えることではありません」

カワサ元次官も心得たもので、このように言って長官のご機嫌を取った。

「まあ、悪いようにはしないから、それで押し通してくれ。微妙な質問には『刑事訴追の恐れがありますので、回答は控えさせていただきます』とか言って乗り切ってくれ」

「恐れ入りますが、議会対応については少し準備が必要なので、開催を少し延ばしていただければ幸いです」

「そんなことは俺に任せておけ。どうせ野党のアリどもが聞いてくることはたかが知れている。議会や委員会も由自党が多数を占めているので、議会の開催などはどうにでもなる。俺に任せておけ」

ソアー長官は、これで「国際ファンド」にも言い訳がたつと心の中でほくそ笑んでいた。

ベアー主席やソアー長官の思惑通り、議会における野党議員の質問は書き換えの事実とその経緯についてのものが大半であった。それに対するカワサ元事務次官の回答は「議会での答弁書を作成したのは自分である。その責は自身で負う覚悟は出来ている」「文書の書き換えに関してベアー主席や主席夫人からの働きかけは全くなかった」などと「責任は己が被るが、上からの指示はなかった」との主張を繰り返した。

「書き換えがいつ、誰がどのように発案し、誰に書き換えを命じたか」などの質問に対しては、判で押したように「刑事訴追を受ける恐れがありますのでお答えは控えさせていただきます」の繰り返しであった。野党議員の中には「これでは証言にならない。議会として国政調査権を使って真相究明にあたるべきだ」と怒りをあらわにするアリもいたが、大半のアリは「出来レースだよ。今更真相究明と言っても何も出てこないよ」などと冷めた反応であった。

伝家の宝刀である「国政調査権」による究明は、議会の判断にゆだねられており、由自党が多数を占める議場で可決される訳はなかった。

困り果てた野党議員は「国政調査権を発動して真相を究明すべきだ」として「この要求が通らない場合は、我々は議会での審議を拒否する」などの強硬手段に打って出た。

これにはベアー主席側も驚いたが「国内外に問題が山積する今、野党議員は審議を拒否しサボタージュを決め込んでいる」と反論し、政権側の御用マスコミを通じて「野党は長期休暇に喜んでいる」などと書き叩き、世論を野党叩きに転換させた。その間、野党議員は政権側の財務部事務員などへの聞き取りを行ってはいたが、のらりくらりといなされ、成果の出ないままでマスコミの餌食になってしまった。

御用マスコミの餌食になった野党陣営は、攻めるべき新事実を捜すことが出来ないまま議会へ挑んだが、悪知恵の働く由自党議員の前になすすべもなく敗れ去り、再び役に立たない野党とのレッテルを貼られてしまった。


一方、東海管理センター事務員の死が伝えられた主席官邸では、官房長官とマイー補佐官が額を合わせて今後の打開策を練っていた。

「しかし、拙いことを遣ってくれたものですね。これでは沈静化しようとしていた目論見が駄目になってしまうではないですか。これだから、ノンキャリアは使い物にならないんだよ」

官房長官が苦虫を潰したような表情で吐き捨てた。

「本当に困ったものです。しかし、起きたことは仕方がありませんので、自殺したアリは文書書き換えと直接関係していないように発表する旨手配はしておきました。つまり『当該主任アリは長期休暇で仕事に就いていなかったこと、次に精神的疾患を患い長期療養中であったこと』などをマスコミに流し、疾病による自殺という方向に誘導しておきました」

マイー補佐官が得意気にこれまでの対応を話した。

「それは良い手立てでしたね。そう言えば、マスコミの発表も書き換えと関連付けて報道しているのは少なかったね」

「一部週刊誌だけが吠えていますが、その内に沈静化するでしょう」

マイー補佐官は得意満面であった。

「それではこのことをベアー主席に報告し、自殺した事務員は病気を苦にしての自殺という線で押し通すことにしよう」

二個はそろって主席の執務室に向かった。

「ああ、君たちか。良いところに来てくれた。実は、女房が自殺したアリのことで気弱になっているんだ。どうしたもんかね」

入室早々ベアー主席の方からこのような言葉が飛んできた。

「『心配には及びません。あのアリは病気を苦にしての自殺であり公務とは無関係である』とお伝えください。実はそのことで報告に伺いました」

官房長官がベアー主席の気をほぐすように笑顔で頷いた。

「実は、家の家内がワカー秘書官から『東海管理センターの事務員アリが自殺した』との連絡を受け落ち込んでいたんだよ」

ソファーに腰を下ろすと直ぐにベアー主席が心配そうに切り出した。

「エッ、ワカー秘書官ですか。前にイケア夫人付きの秘書をやっていた雌アリですよね。シホー企画との関わりが疑われたので、マスコミの餌食になる前に海外勤務に切り替え、今はルギー国の事務官に飛ばしてあるはずですが。どうしてまた」

官房長官が呟いた。

「家の家内とは、あれ以降も連絡を取り合っている模様だが、あのアリは今ルギー国に飛ばしてあるの。知らなかった」

「以前、本件はご報告申し上げているはずです。秘書官の動向については奥方様も心配されておりましたので、直ぐに海外勤務に切り替えてマスコミから隔離しました」

マイー補佐官が恭しく当時の状況を説明した。

「アッ、そうだっけかね。今朝のことだが『東海管理センターでシホー企画との土地売買に関わっていた事務員が自殺したとのことですが本当ですか』と聞かれたんだよ。昨夜、君の電話でこの報告は受けていたから良かったものだが、知らなかったらひどい目に合うところだったよ」

ベアー主席が笑いを交えながら話した。

「ひどい目にですか」

官房長官も笑いながら場を和ませようと必死であった。

「そうなんだよ。皆も知っての通り、家内はいろいろなことに手を出す反面、関わったアリたちは大事にするんだよ。だからいろいろなアリから情報が入るようになっている。それはそれで結構なんだが、関わったことが上手く行かなかったり挫折したりすると、極端に落ち込んでしまうんだよ」

「奥方様はお優しい方ですから」とマイー補佐官が持ち上げた。

「優しいというより『君のせいではないよ』などと慰めてもらいたいだけの話だがね。だから、今朝も『事務員が亡くなったのは君のせいではない。心配するな』と言えたのは、事前にそのことを知っていたからなんだよ」

「事前に知らされていなかったら大変だったという訳ですね」

「そうなんだよ。何かがあって気持ちが不安定になると、ヒステリックになって『貴方のために私は尽くしているのに全然分かってくれない。いろいろな役を引き受けるのも、みんな貴方のためなんですよ。推薦を勝ち取る応援演説で貴方が地元に居ることが出来ないときは、私が代わって挨拶廻りをするから貴方は推薦を受けられる。私が居なかったら貴方は何も出来ないのよ』だからね。閉口するよ」

ベアー主席がこのような軽口をたたいた。いつもは厳めしい言葉遣いも砕けた調子になっていたが、亡くなった事務員に対する哀悼の言葉は一言も口にすることはなかった。彼らにとって、一介の事務員が死のうと辞めようと関係なく、己のこれからの保身だけが当面の課題であった。例え、事務員の死が、ベアー主席が不用意に発言した「シホー企画の問題に私や私の家内が関わっていることがあれば、私は主席も議員も辞める」が発端となり、周囲の議員やキャリア事務員がその言葉を慮って様々な画策を行った結果であったとしても、己自身の責とする意識は全くなかった。

二十三

私は考えていた。もちろん、ミツミの復讐である。しかし、上手い手立ては思い浮かばず、悶々とした日が過ぎていった。小説や芝居の世界では「大岡越前桜吹雪」など大向こうをうならせる口上が喝さいを浴びるが、現実には裏家業の「必殺仕置き人」もなく、「暴れん坊将軍」などは夢のまた夢であった。

しかし、冷静に考えてみれば今回の事件は「政治の私物化」であり、アリ王国の民主主義の危機である。私はようやく考え方の原点にたどり着いた。

この観点からすれば「政治の私物化や議員たちの自分勝手な悪行は許さない」というのは当然であるが、「この悪行を諫め、糾弾するのは王国のアリたちでなければならない」ということになる。

「悪行が成就する直前にヒーローが現れて、悪行を行ったものをバッタバッタと成敗するのは、見聞きしても気持ちの良いものではあるが、根本的な解決には至っていない」というのが私の到達した考えであった。

「アリ王国の主権者は誰か」

「当然のことながら主権者はアリ王国のアリたちである」

然らば、議員や国家事務員はどのような役割を演じているのかといえば「彼らは、王国のアリを代表して意思決定を代行しているに過ぎない。つまり、我々の代わりに業務を代行してもらっているに過ぎない」ということになる。

その職務遂行に当たっては「彼らの職責として意思決定の経緯を残すことは必要であり、そこに間違いあるいは誤魔化しがあってはならない」のである。

仮に、そのような事実が露見した場合は次の推薦で当該議員を推薦してはならないということと、悪行に手を染めた事務員に対するペナルティーは必須である。

アリ王国のアリたちが、その為の判断材料とするものが「公表された文書あるいは決裁を受けた文書」である。今回の事件でも「国民の判断材料となる文書を改ざんし隠蔽したことは事実である。そしてその行為を平然と行ったということは、国の主権者はベアー主席をはじめとする議員やキャリアたち権力者で、王国のアリたちではない」と言っているに等しい。ここに鉄槌を撃ち込まなければならないというのが私の結論であった。

その鉄槌とは何か。権力者が悪行を働いたとき、その権力者を成敗するのは王国のアリたちであり、この仕組みが保たれる世界が民主主義である。究極的にはアリ王国の民主主義を守ることであるが、その手立てが見つからないのが残念であった。

彼らを一堂に集めて「どうじゃ、恐れ入ったか」と大見えを切り、「ハ、ハアー、恐れ入りました。私どもが悪うございました。王国のアリさんすべてに対し謝罪するとともに、私は議会で発言した通り主席も議員も辞めさせていただきます」とベアー主席に言わしめる手立てを考え続けていた。しかし、この考え方は、前述したヒーローによる解決であり、民主主義を守る根本的な解決にならないことは明らかである。

迷った末にたどり着いた方法は「納得出来ないことは納得出来るまで追求し、『それはおかしいのではないか』と言い続けるとともに、その気持ちを持ち続けるにはマスコミの利用しかない」と考えるようになった。

王国のアリ一個、しかも国家事務員が亡くなったにもかかわらず、ベアー主席を始めとする由自党の議員たちは「文書改ざんに関わったアリが、その責任を感じて自ら命を絶ったもので、現在行われている政策とは関係のないことである」とうそぶいていた。

王国のアリたちが怒っても居座りを決め込む今の権力者に対し、おかしなことはおかしいと言い続け、まともな道理が通る政治を取り戻さなければならない。この気持ちを持ち続けることでいつかはチャンスが巡ってくる。

アリ王国の財産を権力者の意向で勝手に値引きして売却し、この事実を数年に渡って隠ぺいしていたがそれが白日の下に晒されることとなった。議会答弁では「文書は破棄した」「記録はない」「記憶にもない」などとうそぶいていたが、事実が次々に暴露され糾弾されるようになった。それにも関わらずベアー主席一派はのらりくらりとした答弁で議会を翻弄し、王国のアリたちが疲れるのを待っていた。この作戦が功を奏したのか「シホー企画の土地売買」は食傷気味だとの「諦め」も生まれはじめ、このことを紙面トップに書き連ね「シホー企画問題を取り上げることは時代遅れである」かのような論評を張るマスコミも出てきていた。この現実を目の当たりにして、私はアリ王国の民主度の退化を感じていた。

そこで私は、シホー企画に関わる事件のこれまでの経緯を洗い出し、それを公表することにより王国アリたちの民主度を試そうと考えた。過去の経緯を公表することにより「現政権に退陣を要求する」という民意が育つか、それとも「もう、いいよ。刑事訴追に追い込む確たる証拠もないではないか。これ以上この問題に関わったところで、真実は闇に葬られるばかりだよ。議会では外交など別な面での論戦を期待するよ」という諦めの民意が支配するかを試そうと思った。

私は、筆名「蟻野屋蟻兵衛」で「アリ王国の反乱」というタイトルで、今回の事件を裏側から見つめる形の文として公表した。

筆名を「蟻野屋蟻兵衛」としたのは芝居でお馴染みの「忠臣蔵外伝・天野屋利兵衛」を念頭に置いたものであった。彼は赤穂浪士討ち入りのため武器の調達に動いた支援者であるが、当局に討ち入りの件で詰問されたが「町人なれども天野屋利兵衛、思い見込んで頼むぞと、頼まれましたお方には義理の二文字がございます。これで白状したのでは頼まれました甲斐がない。天野屋利兵衛は男でござる」と大見得を切って証言を拒否した雄アリで、権力にあまねないアリの姿をダブらせたものである。

この文が公表されると、思った通り両陣営からの反論あるいは協賛の意見が乱れ飛んだ。中には筆者の「蟻野屋蟻兵衛」なるアリはどのような経歴の持ち主で、アリ社会をどのように持っていきたい思想の持ち主かなどを論ずるマスコミも出てくる始末であった。

このようなマスコミはさておき、多くのマスコミは改めてシホー企画に関わる特集を組んだり、王国の民主主義の在り方などの特集を組み、民主主義の危機を訴える紙面も多かった。しかし、中には現政権擁護に論評を誘導する紙面を構成して批判を受けるマスコミもあった。それを受ける形で、マスコミ各社は系列の放送局などと連携して世論調査を実施した。

世論調査で初めに問われるのは「ベアー主席による現政権を支持するか」との設問である。これに対し「支持する」と答えたのは三十五パーセントで、「支持しない」は四十五パーセントであった。確かにベアー政権が抱える政治的な問題は、国際的な課題を含めて山積しており、今回の事件以外ではそこその成果は上げており、それを評価しての支持率と考えられた。しかし、国家事務員が自殺する状況においても、その支持率の低下が見られないということは恒常的にベアー主席を擁する由自党を支持するアリが多いことを伺わせた。その証に由自党を支持するアリは全体の三十五パーセントを占め、離合集散を繰り返す野党に対する支持率は、どの野党も十パーセントに届かず、一般アリが期待出来る政党は存在しないことが明確に示された。その結果として上位を占めたのは「支持する政党なし」の割合である。およそ四割に及ぶアリたちが支持する政党を持たないという悲しい現実も明るみになった。

結果はこのようになりベアー主席が支持を受けているかと言えば、さにあらず「次期主席には誰が適任か」との質問に対してはベアー主席を推すアリは少なく、主席候補者と言われる議員の中でも四番目という体たらくであった。その理由として最も多かったのが「アリとしての生き方が信用出来ない」というものであった。

ベアー主席を始めとする政権幹部たちが目論んだ「のらりくらりと時間を稼げば、世間のアリたちは忘れてくれるよ」との楽観とは裏腹に、世間のアリたちは「政権を担う政党は今は由自党しかないが、シホー企画に関わる問題はベアー主席とその夫人が引き起こした問題であるのは明らかで、ベアー氏にこのまま政権を担当させることには反対である」との民意が示されたのである。

また、今回の事件に関しては「シホー企画に関わる土地売買の経緯は納得出来るか」の問いに対し「納得出来ない」は八十パーセント近くを占め、王国のアリの殆どが納得していないことが証明された。しかし、中には「納得出来る」と答えるアリも居り、民意の広さを感じる回答もあったが、私に言わせれば「この事件がもとで、関係した王国のアリが死んでいることをどのように捉えているのだ」と反論したい気持ちが強かった。

二十四

「これまでも、特定の世論調査に対しコメントを出すことは控えておりましたが、今後は、世論の動向を厳粛に受け止め、信頼回復に向け一層の努力を傾注してまいる所存でありま す」

殆どの世論調査が同じような傾向を示したことについて官房長官はこのような談話を発表した。

「シホー企画問題をどのように受け止めているのか」あるいは「シホー企画に関わる集中審議を開催する予定はあるのか」などの質問には、「世論調査の各項目に関する見解は控えさせていただきます」とか「議会での審議内容については議会が決めることであります」などと、木で鼻をくくったような答弁に終始したが、その表情は硬く、かなりの打撃を受けていることは明らかであった。

「なかなか世論が収まらないね。どうしたものかね」

数日後、ベアー主席はソアー長官や官房長官と同席した場で苦し気に心情を露呈した。

「今回ばかりは世論もしつこいですね」

ソアー長官がズボンのすそを気にしながら口をひん曲げた。

「マスコミが民意を煽っているように感じますね。いつも我々寄りの論評を載せるケイサンタイムズまでもが、今回は批判的な記事に終始しております。どうしたのでしょうね」

「御用マスコミと叩かれるのが嫌なのでしょう。これ程マスコミが団結するとは考えてもみなかったことです。何となく遣り難い雰囲気になってきました」

「だからこそ、世間には別の話題を投入してマスコミの分断を図ればよいのではないか」

官房長官が弱気な発言をしたとたん、ソアー長官が戦術らしき発言をした。

「主席は来週ベイ国のランプ大統領との会談を控えておりますが、そこでベイ国からの産品に対する関税の引き下げを提案しては如何ですか。今、ベイ国は輸入関税を引き上げ、国内業界の保護に乗り出していますが、他の国の顰蹙を買っております。そこで、ベイ国に追随する形で輸入産品への関税を下げてやればベイ国は喜びますよ。当然、国内では反論が噴出しますがその間はシホー企画に関わる報道は少なくなります」

「うーん、これは諸刃の剣になりかねませんね。国内にはランプ大統領の強引な手法に反対する勢力も多いですからね」

ソアー長官の提案に官房長官は否定的な見解であった。

「世界的にランプ大統領に対する批判の方が多いのは分かっているが、その片棒を担ぐとなると国内の批判が倍増するであろう。しかし、『国際ファンド』の観点からすればランプ大統領に肩入れしておいた方が良いかもしれないな」

ベアー主席の頭にあるのは、ファンドによる儲け額の大小であった。

「ベアー主席、ベイ国訪問へ」などと書かれた号外を出し、大々的にキャンペーンを張った割には、世間の受け止めは冷ややかなものであった。この間、マスコミ各社はシホー企画に関わる事実を洗い出し、さらなる追及へと歩を進めてきた。議会の周囲には「真相究明」「ベアー主席退任」「税金を返せ」などのプラカードを持ったデモが押し寄せ、その運動は中央管理センター管轄の地から、地方の管理センター管轄地へと広がっていった。

「昨日、女房に攻められてね。閉口したよ」

ベアー主席が閣議終了後の懇談の席でこのような言葉を漏らした。その場にはソアー長官と官房長官そして補佐官のマイー氏の姿があった。

「奥様に何と言って攻められたのですか」

ソアー長官が笑みを浮かべながら聞いた。相変わらず口をひん曲げての質問だったが、心なしかその端に嘲笑を含めた動きがあった。

「何でも、先日ベイ国に行った折りファーストレディーとしての待遇を受けなかったのが不満らしいよ」

「シホー企画の事件以来、奥方様は多くの役職を辞退され謹慎に努めているとのことですが」

マイー補佐官が主席を持ち上げるように発言した。

「何にでも出たがり屋の妻だから、ベイ国でのお呼びが少なかったとご機嫌斜めなんだよ。それに、マスコミが再び『百万両の寄付金』の件を持ち出し、議会へ証人として呼ぶ工作をしているのも気に入らない模様だよ」

「我々は、イケア夫人を主席の海外視察などにも同行させ、甲斐甲斐しく仕えている姿を演出させ、非難の矛先を外してきたつもりでしたが逆効果でしたか」

官房長官が苦虫を噛み潰したような表情で言った。

「奥様はこのところ主席官邸に詰めておられるご様子ですが、元のように自邸に住まわれる方が良いと進言しては如何ですか。何せ、ここに居ると表のデモ隊のシュプレヒコールがもろに聞こえますからね」

マイー補佐官が探るように言葉を発した。

「それもあるかもしれないね。『何で私が証人喚問を受けなければならないの。私は、彼方のことを思って動いてきたのよ』とかなり参っている様子なんだよ」

「シホー企画のイケゴー代表も検察に留置され一年ぶりに保釈されて『イケア夫人に言いたいことがある』と騒いでいるのも一因かもしれませんね」

「検察にも『この件が落ち着くまではイケゴー代表を釈放するな』と言ってあったのですが、世論が『不当に長い拘留だ。関係者の口封じをしているのではないか』と騒ぎ立てるため、やむなく釈放したとのことだよ」

官房長官がまたまた苦虫を潰した表情で呟いた。

確かにイケゴー代表は「補助金申請に関わりシホー企画に関わる会計申告に不正の疑いがある」とのことで一年近く検察に拘留されていたが、最近、保釈金を払って保釈されたとの情報が流れていた。そして、同時に拘留されていたイケゴー夫人が「イケア夫人に言いたいことがある」と息巻いているとの噂も流れていた。

同席する長官や補佐官たちは「今回の事件はイケア夫人の軽率な行動が招いたものであり、議会における主席の発言が火に油を注ぐ形になってしまった。その為、政策に通じたキャリアアリを窮地に陥らせるばかりでなく、ノンキャリアとは言え一個のアリの自殺者まで出している。責任は主席、貴方にあるんですよ。何とかするのは貴方でしょう」との思いがあり、発する発言もどことなく白々しいものがあった。

「奥方様は『自分はいじめに会っている』とお思いなのかもしれませんね。海外視察などで同行される姿に対し『しゃしゃり出ないで謹慎していろ。シホー企画に関わる事件はお前が蒔いた種ではないか』などの発言も耳に入っているのではありませんか」

マイー補佐官が心配そうな声を出してベアー主席のご機嫌を伺った。

「それと、先日発表になった週刊誌に『私もいろんな事があって多くの批判を受けておりますが、これは一寸立ち止まりなさいという神様からのご褒美だと思っております』とも述べておりますが、これも一般のアリから見れば『自分が蒔いた種なのに、自分が被害者のような意識の発言だ』と映るのでしょうね」

いつもはちょうちん持ちに徹する官房長官までもがベアー主席に痛烈な一撃をかました。

「今回、マスコミがしつこいのも自殺者を出したという事実があるからでしょうね」

その極め付きがソアー長官のこの発言であった。

「そのことなんだよ。家内も『この事件では自殺者も出ているのでしょう』とおびえた表情だったから『政界ではこのようなことは日常茶飯事だよ。君が心配するには及ばない。ここは自分にまかせてもらいたい。その為に長官を始め皆が動いてくれているから』と慰めたんだよ」

ベアー主席も「アリ一個が亡くなったこと」は気にしていると見え、顔を赤らめながら言い放った。常日頃の強気な態度とは裏腹に、滑舌も悪いところが動揺している心の証と考えられた。

「私は、財務部長官として葬儀の場に弔電を送ったが、官邸としてはどのような手を打ったのですか」

ソアー長官が口をひん曲げながらマイー補佐官の方に目を遣った。主席に関わる雑用は全て補佐官が取り仕切っており、後に後ろ指をさされるような失態をするのは無能な補佐官とされていた。

「わざわざ主席からの弔電が届けば、皆に今回の事件との関わりを疑われる結果になると考え、主席からの弔電は控えさせていただきました」

マイー補佐官の答えは真っ当に聞こえたが、本当のところは出さなかった言い訳に過ぎないと皆は感じていた。そして、同席したすべてのアリが、担当するアリが亡くなったことに対する事の重大性に気が付き始めていた。遅きに失した感はあるがようやく並みの神経に戻った模様であった。

「そうだよな。アリ一個が亡くなっているんだよな」

ベアー主席が力なく呟いたのをすべてのアリたちが見ていた。

二十五

議会も終盤を迎え、関係法案の審議が進んでいたが、節々でシホー企画に関わる質問が飛び交い、ベアー主席を始めとする答弁の整合性のなさが批判の的になってきた。主席官邸をはじめ由自党幹部までもが沈静化を図ったにもかかわらず、疑惑はますます大きくなって議会運営にまで影響を及ぼすようになってきた。

事ここに至り、ベアー主席も強気の議会運営を反省せざるを得ず低姿勢に徹し「丁寧にお答えします」を繰り返していたが、その実は依然と変わらない「嘘にうその上塗りを繰り返す」答弁になっていた。

これに業を煮やしたのが一般のアリたちであった。

「世界の情勢が刻々と変化しているにも関わらず、わが王国の議会はシホー企画に関わる議論ばかりである。早くこの問題に決着を付け山積する課題に対応してもらいたい」

このような意見が怒涛のように国内に流れ始めた。本来であれば、ベアー主席たちが試みた「シホー企画事件の隠蔽のため国際問題を取り上げる」に合致し、世論の鎮静化につながる目論見であった作戦が、逆に自分たちの立ち位置を脅かす論議へと変換していった。王国のアリたちは「のらりくらりと事実の隠蔽、改ざん、証拠書類の破棄など国のアリたちを愚弄し続け、議会でのまともな論議がなされないのは、ベアー主席政権の隠蔽と議会運営に原点がある」、さらには「このように信を失いつつある現政権が、強烈な海外の国に対する外交でまともな議論が出来るわけがない」との的確な判断があったことが証明された。

「次の主席選挙について世論の動向はどのようになっているのか調査をお願いしてあったが、その結果を報告してくれ」

苦境を打破するためには主席選挙で優位に立ち、世論の抑圧に動かざるを得ないと判断したベアー主席一派は、主席選挙の前倒しを図り主席の席を確保し、その権力で中央突破を図る作戦に踏み切った。これは、ベアー主席が由自党の幹事長と官房長官、それに五個の秘書官などを前にして調査結果の報告を命じた時の発言である。

「由自党の中にも様々な派閥があり、一筋縄ではいかない面もあるが主席の出身派閥と私の派閥はベアー主席を推す方向で動いています。しかし、ソアー長官の派閥は別の候補を推薦するのではないかとの風評が渦巻いています」

幹事長がふて腐れたような表情で口火を切った。

「ソアー長官の派閥が別の候補者の擁立に動くのか、まさかとは思うが自分で立候補することを考えているのかは不明です。しかし、ベアー主席の政権に反旗を翻すのはありうると思います。今回の事件で矢面に立たされたとの意識は持っております」

官房長官が淡々と情勢を分析した。

「前回の議会の解散の折には皆さんのご理解を得て大幅な議員増に成功しましたが、今回は内輪の戦いだから遣り難いね。主席に立候補しそうな議員アリはソアーの他にどのようなメンバーがいるんだ」

ベアー主席が「俺に勝てる奴なんか居るものか」との自信を込めて言い放った。

「ベアー主席、油断はなりませんよ。世論調査でも『ベアー主席が次期の主席にふさわしい』との評価は多くはありません。むしろ『ベアー主席の生き方が信用出来ない』との批判も多く苦しい戦いになると思います」

官房長官が主席を諫める形で発言した。

「何で私が信用されないのかが分からない。立候補するアリがあればこれまで通り力で押さえつけますよ。その折にはよろしくお願いしますよ」

ベアー主席は相変わらず強気であったが、場に並ぶ補佐官たちは「長期政権による慣れや驕りがにじむ振る舞いが目立ってきている。今回の事件もその延長上にあるのは明らかである。ここはこれまでの経験を活かし、このようなときにこそ低姿勢に徹する方が良いと思うが、どうしたものだろう」との面持ちでやり取りを聞いていた。

しかし、面と向かって「ベアー主席、世論の動向からみて貴方が主席になれば、由自党の支持者ですら離れていくことは明らかだ。由自党の為にも貴方は立候補を断念するべきだ」と諫めるアリはいなかった。その為、ベアー主席は、自分が立候補することに反対する閣僚は居ないと判断していた。ベアー主席は取り巻き議員や事務員に対し「己の発言に対する忖度を強要してきたが、己自身が世論の動向に忖度を加えること」は出来なかったのである。

その夏に行われた主席選挙でベアー主席を推す勢力は激減し、代わって主席の席を得たのが北海管理センター地区から推薦を受けた議員であった。論客で鳴るこの議員は、アリ王国の改革にはまず議会と行政組織の変革が必要として、次のような改革案を議会に提出した。

それによると「議会は政策を論ずる場であり、各種委員会は法案審議を優先させる必要がある」として「シホー企画に関わる事件のように、行政の公正さに疑義が生じた場合あるいは不祥事が発生し、当該事件に対する追及が必要になった場合などは、特別調査委員会を新たに設け、既存の国政調査権の行使を駆使して事件の解明に当たる」などが提示された。

また、行政とのかかわりについては「行政改革として省庁の改変はしばらく置いておき、現行の部を活性化させていくこととする」として「各部を纏める長官は、今の官僚機構を上手く統治するよう努めるとともに、行政に関わる識見を持つよう努力する」など、長官として指導に当たる議員に対する勉強の必要性を説いた。

さらに、現行では由自党が独走態勢を形成しているが「常に政権交代は起こりうるという緊張感が政治を高めていくとして、国家事務員は特定の政党あるいは特定の団体などとの接触は極力避ける意識で対応する」などと、国家事務員の政治への関与を戒める考えも明らかにした。

これは、ベアー主席の長期政権に伴い官邸と行政がなれ合いとなり、行政をゆがめたことに対する戒めでもあった。このことにより、主席を始めとする一部議員と特定の事務員が徒党を組み、行政をゆがめる動きに歯止めがかかるものと期待された。

私は、このような動きを見て「思い切って真実を述べたことが改革につながった」との思いを新たにしている。これまでのように、一部議員や権力者が不公正な悪事を繰り返し、王国アリたちが損失を負うようなことがあってはならない。国の主権は王国に住むアリたちに存するものであり、決して一部権力者にあるものではないことが確認されたと思っている。

さらにうれしかったのは、今回の改革が特別なヒーローによってなされたものではなく、マスコミなど多くの報道機関の良心と決断によりなされたことが良かったと思っている。そのマスコミを支えデモという形ではあったが、一般のアリたちが己の意志を表明したことも、アリ王国の改革につながったと思っている。

私がマスコミに事の顛末を暴露したことについて「国家事務員法の『守秘義務』に違反する」などの論議がないことはなかったが「ベアー主席一派の隠蔽体質を表に出したものだ」との意見もあり、今のところ私に対するペナルティーの動きはない。このような観点からすると、私が行った小さな反乱は成功しているように感じている。

当然のことながら、下野したベアー主席一派には公安からの取り調べは当然として、蓄財に関わった「国際ファンド」にまでメスが入ることになった。捜査と起訴などの手続きはこれからのことになるが、いずれ事が明らかになった段階でその経緯は報告したいと思っている。

私が住むアリ王国は、まだまだ未熟な民主主義を、このような機会を契機として育てていこうという意気込みに満ちている。その意味では開発途上ともいえる民主主義であるが、改革への道筋は確立されつつあると思っている。隠蔽体質が蔓延し議会すら軽視する議員が闊歩し、それに追随する役人がいるなど、改革への意気込みに欠ける国があるとすれば、今回の事例を参考としてもらいたいと切に願っている。

エピローグ

私の告白は前章までである。しかし、他のアリの国でも私が告白した「アリ王国の反乱」と同じような事件が発生していたことが話題になっている。

その国でも、ジャーナリストと呼ばれるアリたちが生まれた頃はその地位も低く、社会に与える影響も限られていた。昔のことになるが、ある地方で勃発した「食料一揆」の報が新聞を通じて国内に広まりを見せ始めたことがあった。全国への波及を恐れた時の政府は、この騒動に関わる報道を止めるように新聞社に命令を下した。この措置に怒ったジャーナリストたちが「起てよ、全国の新聞社」と呼びかけを行いその影響力を誇示し、ジャーナリストの地位を確たるものにした経緯があった。このような歴史を経て培われたマスコミアリとしての矜持は綿々として受け継がれてきたが、いつの頃からか、政権に迎合するマスコミが現れるようになり、その国を滅亡に導く程の大戦争へと突き進んだことがあった。

この事件以来、ジャーナリストたちは政権を監視する立場を取るようになった。しかし、その国の首相は、政権に批判的なマスコミとの対決姿勢を強め、権力者に異議を唱えるアリや組織は力でねじ伏せ、反論を許さない政治を追求するようになっていた。

私の王国との違いは、行政を担う主席という名称は首相と呼ばれ、首相はそのアリが所属する政党から選ばれるようになっていた。手続きとしては、政党内で選挙を行い選ばれたアリがその党の総裁となり、その総裁が首相に指名される習慣が続いていた。当時の首相は、自分の所属する党内でも自分の意見に反するアリの存在自体を許さないといきり立ち、そのような集団を力でねじ伏せる姿勢を見せていた。

反論を封じ込める一方で、自分より強い権力者に対しては異議を唱えることなく追従し、その権力者の意に沿った動きを活発化させ、国の進路を誤った方向へと向けることも多かった。自由な意見が飛び交う中に民主主義は育ち、そのような国であれば強い権力者が支配する国に対しても、国益を主張出来るのであるが、そのような勇気ある発言は皆無であった。

先に行われた巨大隣国との交渉においても、首脳会談では出なかった領土問題が、突如として記者会見の席上で発せられた。これは、過去の共同宣言などをすべて反故にする提案であったが、同席した首相は反論すら出来ず薄ら笑いを浮かべているだけであった。その国にとって、領土問題と平和条約締結は一体のもので、両国はこの流れに沿った交渉を続けてきた経緯があったにもかかわらずである。

このような外交交渉上の大失態を重ねているのに、総裁選挙は現首相の圧勝ムードがその党を支配し、政策論争より現首相への忠義立てや大臣あるいは長官職への猟官運動が目立っていた。彼の国に昔からある「長い物には巻かれろ」とか「勝ち馬に乗る」のことわざに追随したものと思われるが、その党に所属する議員たちにとっての総裁選挙は、国の将来よりは目先の利益と猟官運動に力を注ぐ場となり下がっていた。

現首相がこれまで「年金問題では、問題になった方々の最後の一人まで調査し解決することを約束する」とか「経済政策の成果は今は大企業にしか及んでいないが、いずれ地方に分散することを約束する」などと、これまで放言してきた施策が部分解決すら見せていないにもかかわらず、そのことを追求する意見すら出てこない状況となり下がり行政の停滞は明らかであった。このような場合、昔の政治家であれば、彼の暴走を諭しても良さそうに思えるが、党内にはものを言えない空気が漂っていたのである。

対立候補として名乗りを上げた議員が「正直・公正」をスローガンに掲げると「野党のような発言だ」とか「今の首相を個人攻撃する発言である」などと、党内外から非難の声が上がる体たらくであった。このような発言の背景には「今の首相は正直・公正ではない」ということを、同じ党内の議員アリですら言外に認めていることを示すものとして、世の嘲笑を呼んだこともあった。

このような背景があるにもかかわらず、党員による総裁選挙は現首相の勝利に終わった。世間では現首相側が圧倒的な勝利を目指していたが、結果は「対立候補が善戦した」との捉え方が主流を占め、再選された現首相の顔に笑みはなかった。世間にくすぶり続けていた「現首相は信頼出来ない」の感覚がこのような結果を招いたことは明らかである。一方、疑惑を持たれている問題に対しても「謙虚に丁寧に説明責任を果たす」と言いながら、のらりくらりと追及を回避し本質に応えなかったことも、世間の顰蹙を買ったということである。結果としては、世間の動向やアリ社会の常識などは一切考慮されず、その党を支配する議員アリたちの思惑が先行した形となってしまったのである。

この結果を踏まえ、これからは、猟官運動に精力を注いできた議員アリたちの葛藤が始まるのである。再び、この国のアリたちは不誠実な総裁の下での生活を余儀なくされており、ストレスの多い生活を送らなめればならなくなる。私の王国にも、私が告白したような不正直で不公正な事件は起きたが、一個のアリの命が失われたことにより、一般アリはもとより議員アリの中にも事の重大さが認識され、民主主義が辛うじて残ったことを喜んでいる。

完

アリ王国《おうこく》の反乱《はんらん》

2018年10月23日　第1刷発行

著　者 ― 蟻野屋《ありのや》 蟻兵衛《ありべえ》

発行者 ― 佐藤　聡

発行所 ― 株式会社 郁朋社《いくほうしや》

〒101-0061　東京都千代田区神田三崎町2-20-4
電　話　03（3234）8923（代表）
ＦＡＸ　03（3234）3948
振　替　00160-5-100328

印刷・製本 ― 壮光舎印刷株式会社

装　丁 ― 宮田　麻希

落丁、乱丁本はお取り替え致します。

郁朋社ホームページアドレス　http://www.ikuhousha.com
この本に関するご意見・ご感想をメールでお寄せいただく際は、
comment@ikuhousha.com までお願い致します。

 ISBN978-4-87302-684-8 C0093